K.Nakashima
Selection
Vol.34

月影花之丞《つきかげはなのじょう》
大逆転《だいぎゃくてん》

中島かずき
Kazuki Nakashima

論創社

月影花之丞大逆転

装幀　鳥井和昌

目次

月影花之丞大逆転　7

あとがき　129

上演記録　134

◉登場人物

東《ひがし》　影郎《かげろう》
塾《じゅく》　頭剛《とうごう》太郎《たろう》

モスコウィッツ北見《きたみ》
水《みず》　林《ばやし》星美《ほしみ》

大河内《おおこうち》まさる
仁木村《にきむら》ジン
マリー・アルデリッチ
山本山本子《やまもとやまもとこ》
保湿田《ほしつだ》ムマ
崖谷《がけたに》みみみ

アンドリュー宝田《たからだ》

月影花之丞《つきかげはなのじょう》

月影花之丞大逆転

【第一景】

舞台。劇団月影花之丞の演目『闇按摩対素浪人』の稽古中。時代劇である。

荒れた宿場の書き割りが置かれている。

風が吹きすさぶ。その中を一人、杖をついて歩く座頭。闇按摩《やみあんま》の壱松《いちまつ》だ。演じるは東《ひがし》影郎《かげろう》。

彼を追ってくる町人の女性。演じるは崖谷《がけたに》みみみ。

女　按摩さん！
壱松　（立ち止まり）……その声は、お雪さんかい。
女　ありがとうございます、按摩さん。おとっつあんの仇をとってくれて。
壱松　たいしたことはしちゃいねえ。ただ、闇に潜んだ許せねえワルをこの仕込みで叩き斬った。それだけですよ。
女　そんなことない。これでこの町からヤクザはいなくなりました。ほんとにありがとう。

壱松　なら、よかった。じゃ、ごめんなすって。

行こうとする壱松。そこに大河内《おおこうち》まさる演じる農民1と保湿田《ほしつだ》ムマ演じる農民2が走ってきて背後から呼び止める。

農民2　待っとくれ、壱松さん！

農民1　黙っていくなんて水くせえ。

農民2　あんたのおかげで悪代官一味は一網打尽。

農民1　村は救われただよ！

女　あなた達も。

農民2　あんたは村の救い主だ。

壱松　そんな大げさな。あたしはただの闇按摩、闇に潜んでワルをこらしめる。それだけですよ。じゃ。

と、立派な身なりの武士が壱松の背後から現れる。幕府の老中である。演じるは仁《に》木村《きむら》ジン。

老中　待たれい、壱松殿。

女・農民達　また？

老中　貴殿のおかげで、豊臣残党の幕府転覆の陰謀は潰えた。江戸百万市民の暮らしは守られた。この老中松平忠々《ただただ》、上様に代わり御礼申し上げる。

壱松　いやいや世間を騒がす悪党どもをちょっと揉んでやっただけで。じゃ。

と、去ろうとする壱松。
そこにX星人のようなコスチュームを着けた宇宙人が現れる。XXX星の使者である。目を細いサングラスで隠している。演じるは水林星美《みずばやしほしみ》。

XXX星人　チョット待ッテクダサイ。

女　って誰⁉

XXX星人　ワタシハX《エックス》X《エックス》X《エックス》星人ノエージェント。ソコノミスター視力障害。アナタノオカゲデ反銀河連邦暗黒独裁軍団ハ潰滅シマシタ。銀河ノ平和ハ守ラレマシタ。ドウモアリガト。アリガト、ミスター視力障害。

壱松　もういいよ。もういいから。じゃ。

行こうとする壱松。と、行く手を阻むように素浪人が姿を現す。演じるは塾頭剛太郎《じゅくとうごうたろう》。

素浪人　待ちな、壱松。

壱松　……先生かい。

素浪人　ああ。このまま黙ってお前を行かせるわけにはいかないな。抜け。

壱松　先生とはやりたかねえ。

素浪人　俺もそうだが、仕方ない。俺が用心棒として雇われたヤクザに代官、豊臣の残党に反銀河連邦暗黒独裁軍団、その連中を全部おぬしが潰してしまった。このままじゃあ、俺の侍としての意地が通らないんだ。

やむを得ないと覚悟する壱松。

壱松　みんな、下がっておくんなせえ。あんた達には関係のねえ話だ。

と、女からXXX星人まで、いったん脇に下がる。

素浪人　……嬉しいね。
壱松　……。

剣を抜く素浪人。壱松は仕込杖を構え気配を読む。
と、襲いかかる素浪人。杖の仕込刀を抜いて応戦する壱松。二人の剣がぶつかり合う。実力伯仲。互いに傷を負う。二人、いったん離れにらみ合う。

壱松　刀をひいておくんなせえ。これ以上やると、あたしはほんとにあんたを斬っちまう。
素浪人　問答無用。
壱松　先生！

壱松、戦いを止めようと必死の叫び。
その時、大河内、崖谷、保湿田、仁木村がめまいを起こす。フラフラと倒れる四人。
影郎、役から離れ、ハッとすると四人に駆け寄る。

影郎　大丈夫ですか。しっかりして。

そこに手を大きく打ち鳴らしながら現れる月影花之丞《つきかげはなのじょう》。

花之丞　はい、やめやめ！　影郎さん、なぜ芝居を止めました。

影郎　だって、みなさんが。

花之丞　だってじゃない。周りがどうだろうと、私が、この月影花之丞が「やめ」と言うまでは稽古を続ける。それがこの劇団の決まり。そう言ったはずです。あと、星美さん！

星美　はい。

花之丞　圧倒的にリアリティが足りない。XXX星人のエの字も伝わってこない。もっと観察しなさい、近所の宇宙人を。

星美　観察って、宇宙人のですか。

花之丞　いるでしょ、コンビニとか公園とか。

星美　え？

影郎　いますか？

花之丞　（勢いよく指を天に向ける）上を見てご覧なさい。見えるでしょう、満天の星空が。

勢いに飲まれて星美、影郎、塾頭は見上げる。

影郎　天井しか見えませんよ、稽古場だから。しかも今、昼だし。
花之丞　だからあなたは駄目なのです。昼だろうが夜だろうが、宇宙には無数の星々がある。地球もその星の一つに過ぎない。宇宙人はいます。地球人だって宇宙人です。
影郎　えー？
花之丞　宇宙に生きる者の一人として、地球人から宇宙人の気配を観察するのです。
星美　は、はい。（よくわからないが、うなずく）
塾頭　先生、今、ダメ出しなんかしてる時じゃない。こいつら、様子がおかしい。

と、倒れている四人、身体がピクピクと痙攣を始めている。

星美　ほんとだ。なんかピクピクしてる。
花之丞　あら、活きがいいこと。
影郎　魚じゃないから。やばいですよ、このままじゃ。
花之丞　慌てることはない。この四人にはあらかじめここで倒れるように言ってあった。影郎さん、あなたの集中を試したのです。
影郎　ほんとですか。

花之丞　嘘です。
影郎　嘘かい。
花之丞　がっかりですよ、影郎さん。なぜ、ほんとか嘘かの見分けもつかない。それでも役者ですか。
影郎　役者じゃないです。
花之丞　なに。
影郎　私はただの保険の外交員。役者になった覚えはありません。
花之丞　保険の外交員!?
影郎　何驚いてんですか。あなたでしょう。あなたがやらせてるんでしょう。私は生命保険の勧誘に来ただけです。それをあなたが、芝居に出たら契約してくれるっていうから。それも三億円。
星美　三億円？　先生に？
花之丞　ええ。
星美　それは大口だ。
影郎　だからやってるんですよ、こんなこと。
花之丞　その通り。あなたも保険の外交員なら保険の外交員としての役者根性見せてみなさい。

影郎　はい？
花之丞　あなたの芝居には人の命がかかっているということです。
影郎　それ、意味が違うし。

と、会話している間に倒れている四人、グッタリしてきている。

塾頭　また話が逸れた。みんなグッタリしてきてますよ。
星美　救急車、呼びますか。
花之丞　待って。剛太郎さん、カンナ用意して。
塾頭　カンナ？
花之丞　ちょっと日比谷行って帝劇の舞台、カンナで削ってきて。
塾頭　はい？
花之丞　役者なんてものは舞台の垢煎じて飲めばたいていの病気は治るの。
影郎　そんな無茶苦茶な。
花之丞　無茶ですよ。無茶偏に苦茶と書いて役者と読むのです。
星美　やっぱ、救急車呼びます。

と、袖に走ろうとする星美。が、それを呼び止める仁木村。

仁木村　……いや、……大丈夫。大丈夫だから。

大河内、保湿田、崖谷の様子も落ち着いてくる。

保湿田　……そうそう、もうおさまったから。

星美　ほんとに？

大河内　ほんと、ほんと。

と、起き上がる四人。

星美　大丈夫ですか。

保湿田　なんか、急に気分が悪くなって。

崖谷　そうそう。なんかクラクラって。

大河内　でも、もう落ち着いたから。

仁木村　（影郎と塾頭を指し）二人の芝居の熱気にあてられたかな。

花之丞　ほら、帝劇の名前出すだけで直ったでしょう。
塾頭　そういうことですか？
花之丞　そういうことです。でもまあ、今日はここまでにしましょう。（起き上がった四人に声をかける）今日は、ゆっくり休みなさい。（急に）東影郎！
影郎　うわ！　もうびっくりしたあ。なんですか急に。
花之丞　（噛みしめるように）東影郎、東に延びる影。いい名前です。のぼる朝日に向かっていくからこそ伸びていく影。前向きで可能性のある名前です。その名に恥じない芝居をなさい。
影郎　……いや、それおかしいでしょ。東に影が伸びるんなら、それは夕陽に向かってるんでしょ。沈んでますよ、可能性も。
花之丞　黙らっしゃい！　陽は沈むからまた昇るのです。
影郎　絶対、間違ったって言いませんよね。
花之丞　あなたが理不尽な思いに怒っていることはよおくわかっています。でしたらその怒りはすべて私に向けなさい。あなたの芝居は全部私にぶつけるのです。
影郎　え。
花之丞　私がすべて受け止める。わかりましたか。
影郎　わかったっていうか、なんていうか。

花之丞　しっかりおやりなさい。

と、微笑むと颯爽と踵《きびす》を返す花之丞。

影郎　ちょっと、先生。月影さん。

と、声をかけるが戻ってこない。

影郎　なんなんだよ、あの人は。

一同も唖然としている。

――暗　転――

【第二景】

暗闇の中、一人の男が浮かび上がる。モスコウィッツ北見《きたみ》。インターポールの捜査官である。

北見　モスコウィッツ北見、参りました。

と、山本山本子《やまもとやまもとこ》の声がする。

山本山　ようこそ、北見捜査官。

明るくなる。そこは某所にあるインターポール極東支部の長官室。六〇年代スパイ映画に出てくるようなデザイン。

スーツ姿の山本山。

北見　あれ、長官は。

山本山　支部長は、今、別の任務についています。私は秘書の山本山です。たぶん北見捜査官とは初対面ですね。

と、名刺を出す。「山本山本子」という文字が映し出される。名刺を読む北見。

北見　……やまもと、やまもとこ。面白い名前だね。

山本山　やまもとやま、もとこ。全然面白くありません。普通です。北見捜査官、長官からメッセージがあります。

と、映像が流れる。アンドリュー宝田《たからだ》が映し出される。

宝田（映像）　やあ、北見君。インターポール極東支部長官、アンドリュー宝田だ。

北見　（山本山に）おい、ちょっと待て。こいつは俺の同期の宝田だ。なんかの間違いじゃないのか。

宝田（映像）　静かにしたまえ、北見君。先週から僕が長官に出世したのさ。

北見　なんだと。

宝田（映像）　悪いね、北見。このアンドリュー宝田、極悪犯罪組織ブラックゴーモンを潰滅させて以来、パリのインターポール本部にも覚えめでたく、エージェント界でも最高値のストップ高、ノリにのっている男として業界を席巻しているのだよ。

北見　偉そうに。

宝田（映像）　偉いのさ。長官だからね。

北見　それで用件は何だ。新しい任務か。

山本山　それは私から説明します。〝イレイザー〟が日本に潜入しているとの連絡がパリ本部からありました。

北見　〝イレイザー〟？　あの殺し屋が日本に？

山本山　そう。国際的な暗殺者、通称〝イレイザー〟。これまで世界の要人暗殺など、彼が関わったと噂される殺しは数知れず。本名も国籍も不明。

と、〝イレイザー〟の写真が投射される。パンチパーマに長いもみあげ。太い眉に白スーツ。

長距離狙撃用のライフルを持っている。

北見　これが〝イレイザー〟？

山本山　ええ。
北見　ディスイズ殺し屋って感じで、すっごいわかりやすいルックスだな。
山本山　ただし、これは彼がロサンゼルスのコスプレサミットに、ゴルゴ13を演じた千葉真一のコスプレで参加した時の写真です。彼の素顔と思ってはいけない。
北見　なんだそれ。
山本山　今は彼は、劇団月影花之丞で、塾頭剛太郎と名乗って役者をやっています。

劇団員と一緒に映っている塾頭剛太郎の写真が投影される。稽古場で一生懸命稽古している写真。肉体訓練にくたびれている写真、楽しそうに会話し、大笑いしている写真などが映し出される。

北見　ものすごくなじんでるな。おもに三軒茶屋あたりで飲んだくれている、小劇場あがりの役者にしか見えない。
山本山　己れを消して周りに溶け込み、狙うターゲットを消す。それ故に〝イレイザー〟。さすがです。
北見　そこまでわかっているなら、なぜ逮捕しない
山本山　証拠がないのです。〝イレイザー〟は、伝説の殺し屋と噂されていますが、今まで

その証拠は一切摑めていない。彼の暗殺を証明するものは何も残さない、ただ噂だけが残る。消しゴムをかけたあとの消しかすのように。それ故に〝イレイザー〟。

北見　それはわかったから。

山本山　北見捜査員。あなたには潜入捜査をしてもらう。

北見　俺も、この劇団に入れと。

と、映像が宝田に変わる。

宝田（映像）　その通り。北見、君は劇団の一員としてイレイザーに接近し、その狙いを探り、彼が暗殺者であるという証拠を摑み、もし暗殺の標的がいるのならその殺しを未然に防ぐ。それが君の使命だ。

北見　ちょっと待て。暗殺計画を未然に防ぎ、しかも起きてもいない犯罪の証拠を摑んで逮捕しろというのか。無茶な任務だな。

宝田（映像）　確かに高いハードルだ。だが、そのハードルを越えることができるのはモスコウィッツ北見、お前しかいない！

北見　まあ、そうだよな。俺の捜査官としての能力はトップ・オブ・ザ・トップだからな。

宝田（映像）　それは違う。インターポール極東支部は僕と君の二人だけだからだ！

北見　なんだと⁉

宝田（映像）　お金がないんだよ、極東支部には！　まさに瀬戸際だ。実績を上げなければ予算が付かない。だからこそ、我々二人が、二人だけで頑張らなければならないんだ。

北見　じゃ、彼女は。（と山本山を指す）

山本山　私はパートです。

北見　そうなの⁉

山本山　前の任務で宝田長官が予算を使いすぎたようで、多くの職員がリストラされてしまったのです。

北見　（宝田に）てめえのせいかよ！

宝田（映像）　心配するな。書類の上では俺とお前、二人の責任になっている。

北見　ふざけんな、てめえ！　今どこにいる！

宝田（映像）　背景。（背景変えろと小さい声で指示する）

宝田の背後の風景が、いかにも安い合成という感じでマチュピチュの風景に変わる。

宝田（映像）　僕は今、麻薬シンジケートの潰滅のために、組織のアジトがあるペルーに潜入している。

北見　いま、背景って言ったな。しかも、そこマチュピチュだし。しかもすっごいはめこみ合成感ありありの。

宝田（映像）　（急に咳き込む）酸素が薄い。生きて帰れるかわからない危険な任務だ。僕は僕で頑張る。だからお前も頑張れ。俺達は二人でインターポールの頂点を目指す。そう誓い合ったはずだ。忘れたのか、同期会の、あのさくら水産の夜を！

北見　……さくら、……水産。（思わず拳を握る）

宝田（映像）　思い出せ、俺達のインターポールガッツを！　レッツ、インター、ポオールッ‼

と、「インターポール」という言葉に合わせてポーズをつける宝田。

北見　レッツ、インター、ポオールッ！

宝田と同じポーズを取る北見。

北見　宝田、貴様が極東支部長官なら、俺だってミスター・インターポールだ。インターポールガッツなら誰にも負けはしない。

宝田（映像）　その意気やよし！　頼んだぞ、北見。

宝田の映像、消える。

北見　……潜入先の情報をもらおうか。
山本山　すでにデータを転送しています。
北見　わかった。
山本山　これは潜入捜査です。あなたがインターポールの捜査官であることは劇団員には絶対にばれてはいけない。
北見　わかってるさ。俺を誰だと思ってる。ミスター・インターポール、モスコウィッツ北見様だ。そんなことは捜査官の鉄則。（宙をにらみ）見てろよ、宝田。今はパートのおばさんに指令を受ける俺だが、見事〝イレイザー〟を逮捕してみせる。このハードルをクリアして、お前を越える。その時はこのモスコウィッツ北見がインターポール極東支部長官だ！

と、自分を鼓舞するように歌いだす北見。加わる山本山。二人、『俺はミスター・インターポール、私はパートのおばさん』と歌いあげる。

——暗転——

【第三景】

夜の波止場。
塾頭剛太郎が立っている。トレンチコートを着ている。
そこに現れるマリー・アルデリッチ。毛皮のコートにつば広ハット、サングラスをかけて、いかにも謎の女風の出で立ち。杖を突いている。片足が不自由なのだ。

マリー　待たせたわね、イレイザー。
塾頭　無駄口は嫌いだ。誰を消せばいい。ただし、俺が消すのは世のため人のためにならない奴だけだ。
マリー　わかってるわ。今まで何度あなたに仕事を頼んだと思ってる？　マフィアと癒着してる政治家や南米の麻薬王。どいつもこいつもろくでもない奴だった。今回のターゲットはこの女。

と、写真を渡す。月影花之丞の写真だ。バックに同じものが投影される。

マリー　月影花之丞。日本で劇団を主宰している。この女を殺して劇団を解散に追い込んで。
塾頭　期限は?

マリー、もう一枚写真を渡す。東影郎だ。これもバックに投影される。

マリー　この男が舞台に上がる前に。
塾頭　誰だ、こいつは。
マリー　東影郎。保険の外交員をしている。今、契約ほしさに劇団に出入りしている男よ。
塾頭　劇団の座長か。この女が何をした。
マリー　今回は言えない。ただ、彼女を見過ごしてると、多くの人命が失われることになる。
塾頭　どういうことだ。
マリー　今まで私がお願いしたターゲットが、間違っていたことがあった?
塾頭　いや。
マリー　だったら今度も信用して。
塾頭　わかった。報酬はスイス銀行の隠し口座に入れてくれ。
マリー　今回は銃は駄目。あくまで自然死に見えるようにお願いね。劇団員、特にこの東と

塾頭　いう男に不審に思われないように。
まかせてもらおうか。今まで殺しの証拠を残したことがあったか。イレイザーという呼び名は伊達じゃない。
マリー　頼もしい。
塾頭　この女に何か持病はないか。
マリー　……あったわ。ふざけた病気だけどね。奔馬性爆心症《ほんばせいばくしんしょう》、ハイテンション・ビッグバン。
塾頭　はいてんしょん……？
マリー　テンションが上がりすぎて心臓がジェット噴流のように血液を送り出し、身体中の血管がボンと破裂する。世にもけったいな病気よ。
塾頭　……テンションが上がりすぎて……血管が破裂する。そんな病気があるのか。
マリー　本人も素っ頓狂なら、持病も素っ頓狂。今はすっかり完治してると聞いてるけど。
塾頭　だったら、それを再発させればいい。この女のハートを激しく揺さぶってね。
マリー　どうやって。
塾頭　恋だな。恋の渦に巻き込んで翻弄し彼女の心を嵐の如く掻き乱し、そして手ひどく振る。その時、彼女の心臓は激しく脈打ち彼女の血管はボンと爆発する。
マリー　なるほどね。でも、気をつけて。この女の神経はチタン合金。よほどのことがなければ動じない。

塾頭　面白い。まあ、まかせてもらおうか。

マリー　よろしくね。

と、そこに影郎と星美が現れる。

影郎　塾頭さん。

塾頭　お。

驚く塾頭。場所は劇団の稽古場の裏手になる。

ここまでは塾頭の回想だったのだ。塾頭、着ていたコートを脱いでマリーに渡す。塾頭、コートの下は稽古着。マリー、塾頭のコートを持って消える。

影郎　どうしました。ボーッとして。

星美　お邪魔でした？

塾頭　いや。大丈夫だ。

影郎　すみません。水林さんが芝居のことで悩んでいるようで。ほら、僕は保険の外交員で素人だから。塾頭さんならいいアドバイスができるかなって。

塾頭　俺が？

星美　だって、なんか塾頭さん貫禄あるし、キャリア重ねてこられた感じで。現場で鍛えられた系の？

塾頭　現場？　ああ、まあ、現場はね。厳しい現場もあったよ。

星美　やっぱり。それ、聞きたい。

塾頭　話すほどのものじゃない。

星美　お願いします。

キラキラと見つめる星美の瞳に吸い込まれるように、つい話しだす塾頭。

塾頭　冬のモスクワ、吹き抜けの時計台の上でずっと待機した。三日三晩かかったな。

星美　モスクワ、寒そう。

影郎　映画かな。

星美　きっと海外の作品ですよ。監督誰だろう。誰からのオファーだったんですか？

塾頭　それは言えない。プロだからな。守秘義務ってやつがある。

星美　まだ公開前なんだ。でも三日も撮影にかけるなんて贅沢。何待ちだったんだろう。

影郎　何待ち?
星美　天気待ちとかあるんですよ、特に映画は。太陽とか雲とか、光の加減とか、いいショットをとるために。
塾頭　ああ、あのショットはよかった。快心の出来だ。見事ターゲットの胸を一撃で。
影郎　ターゲット?
星美　メインターゲットのお客さんのハートを撃ち抜いたってことですよ。じゃ、すごいヒットですね。
塾頭　ああ、見事にヒットした。自分の中でもベストスリーに入るな。あの時の手応えは。
星美　すごーい。じゃあ、公開してるんじゃないですか。
塾頭　後悔なんかしないさ。仕事だからな。
星美　さすが塾頭さん。やっぱ言葉の重みが違います。
塾頭　そうか。参考になったのならよかった。
影郎　いやいや。なんか微妙に話、ずれてるでしょ。
塾頭　え?
影郎　嚙み合ってないですよ。
星美　そうかな。
塾頭　(ハッとする) 俺は、なぜ、ペラペラと自分のことを……。(星美の顔を見て) ……かわいい。かわいいからか。

星美　それ！　それなんです！

塾頭　え？

星美　なんか今まで仕事してても、みんな私と話してるとおかしくなっちゃうんです。

塾頭　……どういうことかな。

影郎　水林さんが人気女優だったのはご存じですよね。

塾頭　ああ。

影郎　朝ドラの主役でデビューして、そのあとは主演のドラマも映画も大ヒットだった。若手のトップ水林星美、大いに期待されていた。

星美　二年前までは、ね。

塾頭　今は違うのか？

影郎　ですよ。でなきゃこんな劇団にいるはずがない。

星美　こんな劇団って、月影先生は恩人です。引退しようかと思った時に劇団に誘ってくれて。感謝してます。

塾頭　役者をやめようと思ったのか。

星美　はい。人と会うのが怖くなって。

塾頭　何があった？

影郎　本人は話しにくいでしょうから、僕から話しますけどね。水林さんと一緒に芝居してると必ず周りの人間が壊れちゃう。

塾頭　壊れる？

影郎　惚れちゃうんですよ、この人に。それもちょっと尋常じゃないくらいの勢いで。ドラマの本番で、相手がセリフじゃない言葉を口走っちゃうくらい。例えば、彼女が刑事で、相手役が容疑者だとする。

星美　（刑事役になり）「東さん、あなた一週間前の午後七時、どこで何をしていましたか」

影郎　（容疑者役になり）「さあ、覚えてないなあ（と、ごまかそうとするが急に真顔になり）かわいい。好きだ、あなたのことが。愛してる、結婚してくれ」

と、いきなり星美に抱きつこうとする。星美、右のストレートで影郎を殴り飛ばす。

影郎　（起き上がりながら）と、こうなるわけで。

塾頭　いいパンチだ。

星美　いつものことなんで、自然に身体が覚えちゃって。

影郎　これじゃ撮影も手間がかかって仕方がない。いつの間にか共演者キラーなんて呼ばれて、業界内でもすっかり共演ＮＧになってしまい、どんどん仕事が減っていった。

そのうち人と会うのも怖くなる。

塾頭　それで引退しようと。

星美　ええ。

影郎　水林さんに罪はないんです。彼女は一生懸命やってるだけ。でも、なぜか相手が必ず勘違いしちゃう。塾頭さんもとは思わなかったけど。

塾頭　……ゆっくり話すのははじめてだからな。そんなに強烈な目だとはな……。あ、だから今回の役はあんなサングラスを……。

星美　先生が考えてくれたんです。

塾頭　お前はどうなんだ。

影郎　僕は人の目、見ないんで。

塾頭　見てるじゃないか。

影郎　見てるふりしてるだけです。心には鉄壁のシャッターを下ろしてますから。保険の外交員の心得ですよ。

塾頭　それは違うだろ。

星美　だから東さんとだけは話ができるんです。でも、お芝居のことはわからないって言われるんで。

影郎　月影先生の言ってること無茶苦茶でしょう。自分がどうしたらいいかわからなくなったらしくって。でも、塾頭さんでも惑わされるんじゃ仕方ないな。お時間取らせました。行こう、水林さん。

星美　現場の話、とっても面白かったです。また、聞かせて下さい。

頭を下げる星美。影郎を追って立ち去る。

塾頭　……かわいい。

いかんいかんと頭を振って我に返る。暗殺者の顔になる塾頭。

塾頭　……共演者を恋に落とすか。この俺が翻弄されるとは恐ろしい女だ。あのテクニック、使えるかもしれんな。（と、星美の真似をしてみる）「やっぱり。それ、聞きたい」。……顔の角度が違うか。こうか。（と角度を変え星美の素振りを再現する）「さすが、塾頭さん。言葉の重みが違います」。（思い出し笑いをする。ちょっと嬉しい）……ほめられちゃった。（が、また我に返り、星美の真似をする）あの目か。目線の問題か……。

そこに花之丞が現れる。

花之丞　何をやっているのです。

塾頭　先生。

花之丞　新人のオーディションをします。稽古場に来て下さい。

塾頭　あ、はい。

花之丞　では。（と、行こうとする）

塾頭　待って下さい、先生。悩んでいることがあって。

花之丞　悩み？

塾頭　はい。役作りで。

花之丞　役作り？　はん。つまらない役者に限ってそういうことを言う。役作りなんかいらない。国作りをしなさい。

塾頭　はい？

花之丞　あなたの心に国を作るのです。様々な人が生き生きと生きる国を。人が生きれば、それがあなたの芝居を豊かにしてくれる。

塾頭　（つぶやく）何を言ってるんだ、こいつは。（が、気を取り直して、星美の真似をする）さすが、先生。言葉の重みが違います。

花之丞　……剛太郎さん、頭がおかしくなりましたか。
塾頭　（つぶやく）頭がおかしい奴に頭がおかしい、言われたよ。やっぱり他人の技はだめか。（と、星美の技は捨てると、今度は思いっきり誠実に）ええ、おかしくなったのかもしれません。
花之丞　え。
塾頭　……好きです。あなたのすべてが。月よりも花よりもあなたは美しい。

花之丞、微笑みを浮かべるが、次の瞬間、塾頭に小柄《こづか》を投げる。
塾頭、素早く体をかわす。壁に刺さる小柄。

塾頭　え？
花之丞　その芝居はなってない！

もう一本小柄を投げる花之丞。避ける塾頭。

塾頭　先生、何を――。

「――する」と言い終わらないうちに、無意識に懐に手を入れる。ホルスターから銃を抜く予備動作だ。それを見てほめる花之丞。

花之丞　ああ、それはいい。ホルスターにしまっているのワルサーそれともルガー？　そのポーズ、『拳銃《コルト》は俺のパスポート』の宍戸錠《ししどじょう》かしら。だったらベレッタね。銃の重みをよく体現しています。甘ったるいメロドラマの主役よりもそちらの方がお似合いよ。その調子でオーディション、付き合ってあげて。

と、言うだけ言うと立ち去る花之丞。

見送る塾頭。

塾頭　……わけがわからないな、あの女。

懐からベレッタを出す。

塾頭　いざとなれば、これでやるか……。

銃を脇のホルスターにしまうと、花之丞のあとに続く。

×　×　×　×

暗闇の中、北見の姿が浮かび上がる。普通の青年の格好になっている。一人つぶやく北見。

北見　……ここが劇団月影花之丞の稽古場か。俺は役者志望の若者として入団して、さりげなく塾頭と接触する。見ていろよ、宝田。インターポール捜査官のイの字も感じさせない見事な潜入捜査で、塾頭の首根っこを押さえてやる。

そこに仁木村が現れる。

仁木村　そちら、入団希望の？
北見　はい。
仁木村　はいはい、じゃ、こっちに。

明るくなる。そこは稽古場。長机と椅子が置いてある。花之丞用の席だ。メモ用紙やペットボトルなど用意している大河内。

仁木村　まさるちゃん、先生は。
大河内　もう来るよ。（北見に）どうも。
北見　北見達也です。宜しくお願いします。
大河内　俺、大河内。役者だけど演出助手とか舞台周りの裏はあらかたやってる。こっちは仁木村さん。制作とか外との交渉がもっぱらの仕事かな。
仁木村　役者なんだけどね。ま、先生がああいう人だから、なかなか制作がいつかなくて。今、先生が来るから。

と、そこに影郎と塾頭、花之丞が現れる。

影郎　なんで僕が立ち会わなきゃならないんです。
花之丞　いいから付き合いなさい。これも経験です。じゃ始めましょうか。
北見　（塾頭を見てつぶやく）……塾頭。
仁木村　（花之丞に）今回入団希望の北見君です。
北見　北見達也です。
花之丞　劇団月影花之丞にようこそ。では、エチュードを行ないます。

北見　エチュード？

花之丞　即興でお芝居をしてもらいます。相手をしてもらえますか、塾頭さん。

塾頭　俺ですか。

花之丞　ええ。

北見　（つぶやく）……いきなりご対面か。

影郎　オーディションでエチュードやらせるんですか。

大河内　それが一番舞台への適性がわかるんだってさ。先生の持論だよ。

花之丞　北見さん、でしたね。構えることはありません。今から私が状況を設定します。その設定の中で自分が思うこと感じたことを素直に表現してくれればいい。まとめようなんて思わなくていいから、思い切ってやりなさい。

北見　頑張ります。

花之丞　では……。そうね。北見さんはインターポール。

北見　え？

花之丞　うん。インターポールの潜入捜査官。

北見　はい？

花之丞　なんか、あなた、そこはかとないインターポール臭がするのよね。で、剛太郎さんは指名手配されている国際的な殺し屋。彼はこの劇団の劇団員として潜伏している。

捜査官は気づかれないように彼に接触する。そういうシチュエーションで。

一瞬動揺する北見と塾頭。笑う影郎。

影郎　先生、そりゃあんまりだ。インターポールに殺し屋なんて、荒唐無稽過ぎますよ。そんな奴がいたらお目にかかりたい。

花之丞　黙らっしゃい。

塾頭　いいですよ。それで行きましょう。北見くんか、よろしくな。（と、手を差し出す）

北見　は、はい。

塾頭の手を摑み握手する北見。

大河内　では、用意……。

「はい！」と手を叩こうとする大河内の腕を摑んで止める花之丞。

大河内　え？

花之丞　もう始まってるわ。剛太郎さんが仕掛けてる。

握手する手を放さない塾頭。

北見　ちょっと、何を。
塾頭　汗ばんでるな。何をそんなに緊張してる。
北見　別に何も。
塾頭　右手を封じられた今、相手が襲いかかってきたらどうする。膝か、頭突きか。奴は左手に凶器を持ってないか。すばやく相手を探る。そんな顔だぞ。
北見　僕がなんでそんな。勘弁して下さい。

塾頭、右手を握ったまま北見を引き寄せ、左手で押さえ込む。北見の右手首を持って、彼の右手の平を広げる。

塾頭　顔の割りに手にタコがある。指の付け根、何かを握ってできた。いや人差し指だけは第一関節に。そうだな、まるで拳銃の握りダコのような……。
北見　く……。

塾頭　気にするな。譬《たと》え話だ。

と、手を放すと北見を突き放す。

塾頭　だが、妙な下心を持ってこの劇団に近づくな。ここは純粋に芝居を愛する者だけがいられる場所だ。

北見　僕は、ただ……。

塾頭　言っておくぞ、ここでは邪念を消すか、自分が消えるか、二つに一つだ。

そのやりとりに感心する影郎。

影郎　塾頭さん、すごいな。

仁木村　でも、素人相手にあれじゃ、相手はなんにもできない。

大河内　いったん止めましょうか。

花之丞　いいえ。（と、北見に声をかける）どうした、インターポール！　そんなことでおしまい!?

北見　え。

花之丞　もっと見せて、インターを！　ポールを！　あなたのインターにポールはないの⁉
北見　……く。
花之丞　あるはずよ、インターでポールなあなたのガッツ！　さあ、カモン、インターポール！

北見、花之丞の挑発にぶち切れて立ち上がる。

北見　レッツ、インターポール‼

と、インターポールのポーズを決める。自身に気合いを入れたのだ。花之丞以外は一同呆れている。

塾頭　なんだ、それ。

呆れている塾頭の隙をつき、素早く近づく北見。塾頭の右手の平を摑み掲げる。

北見　確かに消すのは得意のようだ。

塾頭　貴様。
北見　歳の割にはきれいな手ですね。まるで手にできたタコをやすりで削り落としたような。特に指の付け根と人差し指の第一関節がすべすべだ。
塾頭　ぬ……。
北見　しっかり削ってるんですね。まるで過去を消すように。
塾頭　……。
北見　でもね、タコを消しても、その手にこびりついた血は消して消えはしない。

振り払う塾頭。また摑もうとする北見。それを捌《さば》く塾頭。格闘技の技のやりとりのような動きになる。何手か仕合ったあと、再び塾頭の腕を摑む北見。

北見　その血を消すには、罪を償うしかないんだよ。

二人のやりとりを見ている花之丞、大河内に声をかける。

花之丞　大河内、手錠！
大河内　はい。

大河内、花之丞に手錠を渡す。花之丞、二人に近づき北見に手錠を渡す。

花之丞　続けて。

北見、塾頭の片手に手錠をかける。もう片方は自分の手首にかける。

塾頭　いきなり逮捕か。証拠はあるのか。
北見　なんとかする。僕の仕事は、罰することじゃない。その罪を償わせることだ。
塾頭　青臭いことを。

と、花之丞、塾頭の懐を探ってベレッタを抜き出す。

塾頭　（我に返り）あ。
北見　（こちらも我に返る）え。

花之丞、ベレッタを影郎に放り投げる。反射的にキャッチする影郎。

花之丞　影郎さん、あなたも入る！

影郎　え。

花之丞　どっちの味方でもいい。その銃で状況を動かしなさい。

影郎　でも。

花之丞　ただし意識は私に向けて。早く！

銃を構える影郎。塾頭が声をかける。

塾頭　（焦ってつぶやく）あの馬鹿ババア、なんて無茶を。（が、すぐに冷静になり、影郎に向かって落ち着いて語りかける）助かったぜ、アキラ。

影郎　え。

塾頭　さすがは俺の弟分だ。よく駆けつけてくれた。そのハジキを俺に返してくれ。

影郎　アニキ。

塾頭　おめえにハジキはまだ早い。それにそのハジキは俺の大事な相棒だ。さあ、よこせ。このデカとのケリは俺がつける。

と、アドリブで影郎を自分の陣営に引きずり込む塾頭。影郎、そのセリフに乗っかり北見に銃を向ける。

影郎　待ってくれアニキ、そいつは俺の幼なじみなんだ。久しぶりだな、ポール。

北見　ポール？

影郎　俺だよ、アキラだよ。横須賀の孤児院で一緒だったアキラだよ。まさかお前がデカになってたとはな、ポール。

影郎のアドリブに感心する仁木村。

仁木村　素人の北見くんをうまく巻き込んだ。これなら、三人のドラマになる。

大河内　さて、新人君、どうする。

北見　銃をおろせ、アキラ。お前はこの男にだまされてるんだ。お前の父さんを撃ったのはこの男だ。

影郎　え。

北見　だけど、それも事故だ。殺す相手を間違えたんだ。若い時にこの男が犯したたった一つの失敗だ。

塾頭　口車に乗るな、銃を返せ、アキラ。

北見　アキラ、一匹狼で有名なこの男がお前の世話をしたのは、その過ちを償うためだ。でもな、俺はこの男に罪のすべてを償わせたい。そのためには逮捕するしかないんだ。わかってくれ。

影郎　……お前は勘違いをしてるよ。アニキに親父を殺すよう頼んだのは、俺だ。俺が全部悪いんだ。

塾頭　（北見に）あいつ、死ぬつもりだ。止めないとえ。

北見　行くぞ！

塾頭　おう！

北見　

手錠でつながっているので、二人同時に影郎に襲いかかる。影郎の手を押さえ銃口を地面に向ける二人。

花之丞　はい、そこまで。（と、手を叩く）

影郎、北見、塾頭、緊張が解ける。

大河内、北見達の手錠を外しに行く。

花之丞　よく頑張りましたね。あなたのインターポール魂、受け取りました。合格ですよ、インターポールさん。

北見　北見です。

花之丞　明日から稽古場に来るように。

北見　ありがとうございます。頑張ります。

影郎、塾頭に銃を返す。

影郎　重いですねこれ、本格的だ。これも仕込みですか、先生の。

塾頭　あ？　ああ、まあな。（と、受け取る）

影郎　拳銃まで持たせるなんて、月影先生、新人相手にどこまでやるんだか。

塾頭　まったくな。（拳銃をしまう）

影郎　でも……。

塾頭　ん？

影郎　……面白かったですね。

塾頭　……ああ。

影郎　面白かったなあ。（と、噛みしめるように言う）

影郎のその態度に満更でもない塾頭。が、その後北見を一瞥する。その視線に気づき頭を下げる北見。塾頭も軽く頭を下げると去っていく。

影郎、北見も去る。

大河内と仁木村が後片づけに入る。

花之丞　……これで役者がそろった。

大河内　え？

花之丞　仁木村さん、劇場の予約をお願い。できるだけ大きい所がいいわ。そう、東京シビリアンホールを。

仁木村　あの大劇場を。出し物は何を。

花之丞　『アルプスの傭兵ジイジ』。

大河内　あれをやるんですか。

花之丞　さあ、あなた達も忙しくなるわよ。しっかりやりなさい。

嬉しそうに去る花之丞。見送る仁木村と大河内。

――暗　転――

【第四景】

稽古場裏。
稽古場から花之丞の「三十分休憩にします」という声がする。
出てくる花之丞。フラリとよろける。

花之丞　……全部ぶつけろとは言ったけど、さすがに本気出してくると効くわね。
ポケットから薬瓶を出すと中の錠剤を流し込んでバリバリと噛み砕く。
稽古着姿の保湿田と崖谷がサングラスをかけた星美を連れてくる。

保湿田　（小声で）やべ、先生だ。
花之丞がいるので、立ち止まり物陰に身を潜める三人。花之丞は気づかない。薬の効果で落ち着くと、一人つぶやき、天を仰いで笑う。

花之丞　でも、これでいい。そのまま天まで伸びるがいい、東影郎！　うは、うは、うははは。

笑いながら立ち去る花之丞。

星美　……大丈夫ですか、先生。
崖谷　ああ、あれは普通だから。
保湿田　心配しなくていい。そんなことより、あなたよ。

二人、星美をにらみつける。

星美　……私ですか……。
保湿田　水林さん、あなた、先輩のこと何だと思ってるの。
崖谷　サングラスもとらずに。なめてんの。
星美　すみません。でも、これには事情があって。
保湿田　知ってるわよ、共演者キラー？　相手が勝手に惚れる？　そんなの、あんたが媚び売ってるだけじゃないの？

崖谷　取っちゃいなさいよ、こんなの。

と、星美のサングラスを取る崖谷。

星美　あ。

と、二人を見る星美。その瞳の輝きに思わず見とれる崖谷と保湿田。

崖谷・保湿田　……か、かわいい。

とっさに目を伏せる星美。気を取り直す崖谷と保湿田。

保湿田　とにかく、人気女優だったんだかなんだか知らないけど。
崖谷　ここじゃああたしらの方が先輩なんだから。
保湿田　もう少し、先輩立てなさい。
崖谷　インターポール！

と、北見が顔を出す。

北見　はい。
保湿田　ちょっとコンビニ行って、水買ってきて。
崖谷　私、カフェオレ。あと塩辛。
北見　塩辛。
崖谷　汗かくと塩分足りなくなるから。欲しくなるのよ、塩辛。
北見　了解っす。水林さんは？
星美　私はいいです。ありがとう。
北見　じゃ、行ってきます。
崖谷　頼んだよ、インターポール。
北見　北見です。

言いながら駆け去る北見。

保湿田　ね。後輩ならあのくらい素直じゃないと。
星美　すみません。

保湿田　あなた、私達を小劇場の売れない役者と思ってるかも知れないけど、こう見えて昔はアイドルだったのよ。
崖谷　そう。そこそこというにはちょっと遠いくらい売れてたの。
星美　え、あ、はあ。
保湿田　その名も暗闇坂６６６《シックスシックスシックス》。センターの保湿田ムマ。
崖谷　暗闇坂６６６、トップの崖谷みみ。
保湿田　ヒット曲だってあったの。
崖谷　ヒットっていうか、そこそこにはちょっと遠いくらい売れた曲がね。
保湿田　『故意のテレフォンナンバー、６６６６‐６６６６』。
崖谷　ま、知らないだろうけど。
星美　知ってます、それ！
保湿田・崖谷　え。
星美　私、今でも歌えますよ。

と、歌を口ずさむ星美。

星美　♪テレフォンナンバー、６６６６‐６６６６

かけたらつながる闇金融
転がり落ちるよ地獄坂♪

保湿田と崖谷も歌いだす。

保湿田・崖谷 ♪だって頭のナンバー 090《ゼロキューゼロ》
賃貸業ではありえない♪
保湿田 ♪Adiós、僕の腎臓、まだ恋を知らない♪
崖谷 ♪Au revoir、僕の肝臓、まだ夢を持てない♪
星美 ♪All right、僕の身体は Worldwide ♪
三人 ♪世界のどこかで誰かを愛して
僕の身体で誰かを愛して♪

歌い終わる三人。

星美 この歌のおかげで、090金融のこと知りました。まともな賃貸業は固定電話を設置するよう法律で決まってるから、携帯電話はありえないんですよね。どうせ飛ばしケータイだし。

崖谷　そうなのよ。詳しいじゃない。

星美　まさか先輩達が暗闇坂６６６だったなんて、尊敬です。

保湿田　あ、そ、そう?

崖谷　ちょっと、いい子じゃない、保湿田。誰、生意気なんて言ったの。

保湿田　あ、あんただって同調したでしょ。

崖谷　これ。(と、サングラスを返す)なんかあったら私らに言って。

保湿田　そうそう、この劇団の男達は頼りにならないから。

と、すっかり手の平返しの態度の二人。

星美　ありがとうございます。当時の話聞きたいです。

崖谷　立ち話もなんだからあっち行こうか。

保湿田　暗闇坂６６６って言っても三人しかメンバーいなかったんだから笑っちゃうよねえ。

と、三人、話しながら稽古場の方に戻る。

と、エコバッグを下げて戻ってくる北見。

北見　あれ、みんなどこ行ったのかな。

向こうから豆腐売りがラッパを鳴らしながら自転車でやってくる。
帽子を被った女性だ。

女性　とーふー、豆腐。

北見　珍しいなあ、今どき豆腐売りか。

と、その顔を見ると山本山。

北見　山本山さん。

山本山　静かに。

北見　あ、変装か。

山本山　いえ、これもパート。

北見　パート？

山本山　インターポールだけじゃ食べていけませんから。

北見　こら。うかつにインターポールの名前を出すんじゃない。こっちは潜入捜査なんだぞ。
山本山　インターポールインターポール呼ばれてる人に言われたくはないわ。なんなんですか、通りの向こうからでも丸聞こえですよ。
北見　だから、それは、オーディションで。
山本山　オーディション?
北見　そう、急にインターポール捜査官の役を振られたんだよ。そしたらみんな俺の芝居に感動したみたいで、あだ名がインターポールになって。大丈夫、俺の正体はばれてない。
山本山　それ、馬鹿にされてんだと思いますよ。
北見　え?
山本山　豆腐買って下さい。パートの途中ですが、そちらの連絡に来ました。かけもちは主義に反するので豆腐買って下さい。そうすれば営業中の雑談ということで処理できますんで。
北見　処理?
山本山　自分の中で。
北見　なかなかめんどくさいんだね。じゃ、がんもある?

山本山　お、お客さん、目が高い。うちのがんもはうまいっすよ。

ビニール袋にがんもどきを入れて渡す山本山。

北見　じゃ、これ。（小銭をわたす）

山本山　まいど。（と、表情が豆腐売りからインターポールの秘書に代わる）イレイザーのターゲットがわかりました。

北見　なに。

山本山　長官から連絡が来ました。イレイザーのターゲットは月影花之丞。

北見　先生か……。

山本山　インターポールパリ本部の捜査官が暗殺の依頼人を突き止めたそうです。モニターを見て下さい。

自転車の荷台につけている豆腐のケースの蓋を開ける。そこがモニターになる。そこにマリー・アルデリッチの写真が写される。バックにも同様に映る。

山本山　依頼人はマリー・アルデリッチ。日本人だが、ヨーロッパでも有数の財閥アルデリッチ家に嫁ぎ、今では実権を握っている遣り手です。フランス財界の影の女王と噂されている。

山本山　そんな人間がなぜ月影花之丞を狙う。

北見　それは調査中です。彼女には黒い噂も多く、別件で追っていたパリの捜査官がベッドに仕掛けた盗聴器にたまたま記録が。寝言で「花之丞殺したるわ。殺し屋送ったったで」と言っていたようです。

山本山　わかりやすいなあ。

北見　もう一つ情報が。東影郎は幼い頃、児童劇団に所属していました。しかもパリの。

山本山　パリ？　あの保険屋が？

北見　三十二年前、六歳の時にその児童劇団の舞台に立っています。演目は『100万回長靴をはいた猫』。

山本山　多いな。

北見　彼は主役の猫を演じた。当時のパンフレットです。

と、フランスの劇団の当時のパンフレットの映像が映し出される。そこにフランス人の子ども達にまじって六歳の東影郎の写真が載っている。

北見　確かにこれは東影郎。
山本山　そこで奇妙な現象が起きています。公演の最中、一緒に舞台に上がっていた園児達が全員意識不明に。当時の現地の新聞です。「集団失神⁉　劇中毒か⁉」と書かれています。

と、映像で当時のフランスの新聞が映し出される。社会面に事件の記事が載っている。

北見　劇中毒？
山本山　食中毒の演劇版みたいなものらしいですよ。
北見　あるの、そんなの。
山本山　さあ。（と資料のファイルを鞄から出して読む）ただ、その後、フランスでの東の消息はふっつりと途絶えてますね。三年後、日本の親戚の家に預けられ、そのあとは平凡な中学を出て平凡な高校を出て平凡な大学を出て、保険会社に就職。ごく平凡な人生を歩んでます。
北見　……どういうことだ。

と、そこに崖谷と保湿田、星美が戻ってくる。

北見、平静を装う。山本山、崖谷と保湿田を見てハッと驚く。帽子で顔を隠す。

崖谷　だから、絶対この辺で落としたんだって。

保湿田　もう、しっかりしてよ。

星美　（北見に気づき）あ、インターポールさん、この辺でキーホルダー見ませんでした？

北見　崖谷さんがなくしたって。

いや、わからないなあ。僕はここでヤクルトを買ってたんで。あ、先輩達、飲み物買ってきましたよ。塩辛も。

崖谷　ご苦労。

と、北見が差し出したエコバッグを受け取る。

山本山はそそくさと立ち去ろうとする。声もわざと変えてしゃがれ声にし、年寄りのようなふりをする。

山本山　じゃあ、あんちゃん、おつり渡したで。あんじょうな。

が、山本山をじっと見ていた保湿田が、彼女の行く手を阻む。帽子の影の顔をのぞきこもうとする。それを避けようとする山本山。

保湿田　リーダー？

崖谷　え？

保湿田　リーダーでしょ。

山本山　（また声を変えて）人違いです。

崖谷、ダッシュで近づき、山本山を後ろから羽交い締めにする。

崖谷　今よ、保湿田！

保湿田　おうよ、崖谷！

と、山本山の帽子を取る保湿田。顔が丸見えになる山本山。

保湿田　やっぱリーダーじゃない！

崖谷　会いたかった、リーダー！

と、羽交い締めにした山本山を振り回す崖谷。

山本山　ちょっと、やめて、やめて。
星美　リーダーって、暗闇坂の？
保湿田　そう！　暗闇坂６６６、三人目のメンバー！
崖谷　闇本山《やみもとやま》ヤミー‼
北見　え？
山本山　な、なんの話ですか。
保湿田　ごまかしても無駄！
崖谷　忘れたとは言わさない！
保湿田　暗闇坂６６６、センターの保湿田ムマ！
崖谷　暗闇坂６６６、トップの崖谷みみみ！
山本山　暗闇坂６６６、リーダーの闇本山ヤミー！
三人　下って下って暗闇坂、地獄の坂も金次第！

と、二人の勢いに身体に染みついた過去が甦る山本山。三人、キャッチフレーズにあわせてポーズを決める。

北見　……芸人さん？

星美　アイドルです！　そこそこというにはちょっと遠いくらい売れてた人気アイドルです！

保湿田　（山本山に）なんで急にいなくなったの。あたし達、人気が下げ止まってこれからって時だったでしょ。

崖谷　今何やってるの、豆腐売り？

山本山　これはパート。

保湿田　パート？

山本山　そう。あとスーパーのレジ打ちとかコールセンターとか、ちょっと言えない仕事とか、いろいろかけ持ちで。

保湿田　そんな！　あたし達の夢を捨てて何やってるの！

山本山　……ごめん。

保湿田　みんなで誓ったでしょ。飲み屋で宴会してる時に思い出せそうで思い出せないアイドルグループの一番になろうって。結局思い出せないくらい微妙に人の心に残るアイドルになろうって。その夢までもうちょっとだったのに。その夢捨てて自分の道選んだと思ってたのに。なんで中途半端にパートなんかやってるの！　夕方なのに豆腐なんか売ってんじゃないわよ！

山本山の襟首を摑む保湿田。

崖谷　保湿田。（と、背後から止める）

山本山　（保湿田の手を振り払い）……中途半端じゃない。私はパートがやりたかったの。え。

崖谷・保湿田　私は私の人生を切り売りしたいの。一つのことに決めるなんてまっぴら。パートでいろんな仕事をやる。それが性にあってるの！　パートこそが私の生き方なの！

山本山　夕方に豆腐売りたいの！

想像していなかった山本山の返答に言葉が出ない崖谷と保湿田。思わず声をかける北見。

北見　……その人はパートのプロフェッショナルだよ。正社員でもかなわないくらいプロの仕事をする。

崖谷　あんたに何がわかる。

北見　（慌てて言い繕う）いや、今、豆腐買っただけですけど。豆腐じゃなくて、がんもですけど。
山本山　……あんた達、劇団やってるんだ。そうか。
崖谷　たまたまね。二人で路上ライブやってたら、警察が止めに来て、そこに割って入ったのが月影先生で。
保湿田　結局公務執行妨害で、三人とも捕まって。警官殴ったのは月影先生だったけどね。それからの縁。
山本山　そうか。じゃ、頑張って。私も私の人生をしっかり切り切り売りするから。

と、立ち去ろうとする。が、その前に花之丞が現れ、山本山の前に立ちはだかる。

花之丞　話は聞きました。あなたも今日から劇団月影花之丞の一員です。
山本山　え？
花之丞　人生を切り売りする。素晴らしい。だったら、あなたは舞台に立ちなさい。
山本山　はい？
花之丞　舞台の上にあるのは仮初めの人生。次から次に新しい人生を作り生き燃やし尽くす。それこそが最大の人生の切り売り。あなたの天職です。

山本山　……時給はいくらですか。
花之丞　（山本山の肩を摑み、しっかりと目を見据えて言う）相談しましょう。（保湿田達に）彼女を稽古場へ。休憩はおしまい。稽古再開よ。『アルプスの傭兵ジイジ』、一景から始めます。
保湿田　はい。行こう、リーダー。
山本山　あの目は。
保湿田　払う気はない。そう言っている。
崖谷　あきらめましょう。

保湿田と崖谷、山本山を稽古場へ連れていく。

北見　やむなしか……。

と、北見もあとを追う。
去ろうとする星美に声をかける花之丞。

花之丞　星美さん、迷っていますね。

星美　え。

花之丞　自分が本気で芝居をすると共演者が壊れてしまう。だから自分を抑えている。

星美　そんなことは。

花之丞　ある。あなたはいい子です。人を気づかい人と積極的に関わろうとする。ピカピカによい子なのです。表面上は。

星美　表面上?

花之丞　あなたは無意識で目をつぶっているが、あなたの中心には暗黒がある。その暗黒をあなた自身が恐れている。逃げては駄目。その暗黒をもっともっと深めなさい。漆黒の闇を磨き上げなさい。そこにこそ光がある。

と、言うと立ち去る花之丞。

星美　……。

考え込む星美。

——暗　転——

【第五景】

稽古場。『アルプスの傭兵ジイジ』衣裳を着けての稽古中。

まっ白な髪に白髭をたくわえたじいじ（演者：塾頭）が現れる。アルプスの山男という服装。

そこにヤギ飼いのペーター（演者：大河内）という若者が現れる。

ペーター　いい天気だなあ。じいさん。
じいじ　おう、ペーターか。ヤギの様子はどうだ。
ペーター　みんな呑気に草喰ってるよ。
じいじ　アルムの草っぱはうめえからなあ。立派なヤギに育つだろうよ。
ペーター　そうだよな。ヤギは草を喰う。そしてあんたは鉛の弾を喰らいな。（と、隠し持っていた銃を出す）
じいじ　ペーター、お前。
ペーター　聞いたぜ、あんた、賞金首《くび》なんだってな。今はそうやって老いぼれて引退してるが、

じいじ　昔の賞金はまだ生きてるんだよ。
ペーター　……賞金に目が眩《くら》んだか。
じいじ　おう。お前の首を取って、その金で俺は世界中のヤギを買い占める。アルプスのヤギ帝王として君臨するのよ。死ね。

銃を撃つペーター。じいじの胸に当たる。
が、じいじは平気な顔。拳銃を出し、撃ち返す。
ペーターに当たる。吹っ飛ぶペーター。

ペーター　……な、なぜ。

じいじ、胸からチーズの塊を出す。

じいじ　特別製防弾チーズだ。その程度の弾なら弾き返す。（と、チーズをかじり）しかも、うまい。
ペーター　……そんな。
じいじ　引退？　誰が言った。わしはまだ現役だ。

ペーター　……お、おのれ、俺のアルプスヤギ帝国が……。

じいじ、とどめの銃撃。ペーター絶命。

じいじ　（天を仰ぎ）すまんな、アルプスの山々よ。またこの山を血で染めてしまった。

銃をホルスターにしまうじいじ。

と、明るく牧歌的なテーマ曲が流れる。歌うのはハイジ（演者：影郎）。自称五歳のスカート姿の女の子。ハイジの登場と同時にスクリーンに『劇団月影花之丞Presents　アルプスの傭兵ジイジ』とタイトルが出る。

ハイジ　♪（ヨーヘヨーヘヨーヘイホー
ヨーヘイホーヒウッタッタ
ヨーヘヨーヘヨーヘイホーヒホー）
銃声は　なぜ　遠くから聞こえるの
あの人は　なぜ　私を撃ってるの

戦え　おじいさん
負けるな　おじいさん
やっちゃえ　アルムの傭兵よ

雪の山　なぜ　血の色に染まるの
スナイパー　どこに隠れているの

眠る時　なぜ　拳銃を持ってるの
家の前　なぜ　地雷を埋めてるの
教えて　おじいさん
殺しの　テクニック
わたしも　アルムの傭兵よ
やっちゃえ　アルムの傭兵よ♪

歌詞の内容にあわせて、銃を持ち、遠くのスナイパーを撃つじいじ。小屋の前にランボーのようにブービートラップの地雷を埋める姿などが流れる。途中、じいじのストップモーションになり「じいじ：塾頭剛太郎」とテロップが出る。

ハイジの映像もインサート。草むらを駆けるハイジ。ブランコに乗るハイジ。そこを狙撃されるが、ブランコから飛び降りると同時にナイフを投げ、敵を倒すハイジ。そこに「ハイジ：東影郎」とテロップが出る。

車椅子に乗る少女。と、ギャングが取り囲む。と、車椅子の肘掛けに仕込んだ機関銃が火を噴く。ギャング達薙ぎ倒される。硝煙が消え、ニッコリ微笑む少女。「クララ：水林星美」とテロップが出る。

じいじに撃たれたペーターの遺骸を両手で抱きかかえたヤギ。人間が着ぐるみで演じているので二本足で立っている。着ぐるみは頭の上にヤギの頭があり、首の部分を丸くくり抜いて顔がのぞいている。ペーターが死んだ悲しみに天を仰いで絶叫するヤギ。そこにテロップが入る。「ヤギ：インターポール北見」。

曲の最後の方で「作・演出：月影花之丞」と出る。曲が終わる。

じいじの小屋。後ろに広がるアルプスの山々の書き割り。大きなもみの木も書き割りである。

ハイジ駆け出して、辺りを見る。

ハイジ　うわー。これがアルプス。なんて青い空、なんて白い雲。ヤギも沢山いる。

中年女のデーテ（演者：仁木村）と話しているじいじ。ハイジ、奥の方を見る。

ハイジ　あれー、そっちでヤギ飼いさんが死んでるよ。
じいじ　わしが殺した。ほっとけ、あとで埋める。
デーテ　死体で遊ぶんじゃないよ、ハイジ。（じいじに）じゃ、あの子のこと頼んだよ。
じいじ　ちょっと待て、デーテ。わしに面倒みろと。あのガキを。
デーテ　そう。もう他に身寄りがいないんだよ。私だってあぶない。あんたにあの子を預けたらとっとと行方をくらませるよ。
じいじ　しかし。
デーテ　全部あんたのせいじゃないか。あんたが傭兵時代にでかい組織を怒らせるから、親戚一同皆殺しだよ。
じいじ　ゼーゼマン・シンジケートか。あいつら、まだわしに賞金を賭けてるらしいな。
デーテ　そうだよ。今だって賞金稼ぎがどこで狙ってるか。

と、見上げていたハイジが、もみの木の上の方に声をかける。

ハイジ　おじさん誰？　おしえて。アルムのもみの木？

次の瞬間、じいじとデーテが拳銃を抜き、もみの木の上の方目がけて撃つ。

悲鳴があがり、上から黒ずくめの服を着たギャングが落ちてくる。(人形で可)。

デーテ　じゃあね、ハイジをよろしくね。

と、立ち上がるデーテ。もう一発、銃を撃つ。

もみの木からもう一人黒ずくめのギャングが落ちてくる。

デーテ　まったく、物騒たらありゃしないよ。

立ち去るデーテ。

じいじ　こら、デーテ。自分が殺した死体くらい自分で始末していけ。なんでもかんでもわしに押しつける。(ハイジに)おい、ガキ。お前、名前は。

ハイジ　ハイジ。

じいじ　歳は。

ハイジ　五歳。
じいじ　そんな五歳児がいるか！（いきなりハイジを殴る）
ハイジ　え⁉
じいじ　わしは嘘つきが大嫌いだ。（と、また殴る）
ハイジ　嘘じゃないもん。
じいじ　いいや、嘘だ。五歳じゃなくて五十歳の波動を感じる、三十八歳という設定だが実は五十歳のおっさんの波動を。（と、また殴る）
ハイジ　じいじ、何言ってるか全然わかんない。（殴られる）。ハイジ（殴られる）、嘘（殴られる）、つかないもん。（と、じいじの右の拳を手の平で受け止める）
じいじ　ぬ。だが甘い！（と左の拳でハイジを殴り飛ばす）生き残りたかったら戦い方を覚えろ。それが、このアルムの掟だ。

立ち上がるハイジ。観客に対し語る。

ハイジ　こうしてあたしとじいじの暮らしが始まった。

食事の用意をするじいじ。

ハイジ　（じいじに）ヤギのミルクとチーズとパン。あたし、じいじのご飯、だーいすき！
いただきまーす。
と、かぶりつくハイジ。途端に苦しみだす。
ハイジ　（じいじを見て）……まさか、毒？
じいじ　他人が作った物は信用するな。ヤギのミルクは自分で絞って飲め。
ハイジ　……じいじ。
と、倒れるハイジ。じいじ、薬を渡す。
じいじ　毒消しだ。次はないぞ。
と、ハイジ跳ね起きて、隠し持っていたナイフをじいじの首元に当てる。
じいじ　貴様。

ハイジ　食べちゃいけない物は、口に入れたらピピってくるの。だから食べたふりして様子を見た。

じいじ　なるほどな。ガキだからと侮った。だが！

と、ハイジの顔面に手の甲で打撃。よろけて離れるハイジ。

じいじ　相手の喉元に突きつけたナイフは、最後まで突き刺せ。迷っていると死ぬのはお前だ。

ハイジ　（観客に）初めはやられっぱなしだったあたしも、一年経つうちに反撃できるようになった。

後ろから棍棒で襲いかかるじいじ。それをかわし、パンチを入れるハイジ。

ハイジ　（観客に）銃や武器の扱い、そして生き残る方法のすべてを教わった。そして三年がたった。あたしはすっかりこのアルプスでの生活になじんでいた。

と、空を見上げるハイジ。

ハイジ　ほんと、空は綺麗だし、空気はおいしいし、アルプス最高、アルム最高！
じいじ　ハイジ。

じいじが拳銃を投げる。ハイジが受け取り、木の上を狙って撃つ。上から黒ずくめの殺し屋が落ちてくる。

ハイジ　たまに殺し屋も落ちてくるけど。
じいじ　ああ。まったくしつこい連中だ。

と、そこに酷く手傷を負ったデーテが現れる。

デーテ　ハイジ……。
ハイジ　デーテおばさん！
じいじ　誰にやられた。ゼーゼマンの奴らか。
デーテ　ええ。結局逃げ切れなかった。あんたらも気をつけて。刺客はすぐそこまで……。

と、言いかけて絶命するデーテ。

ハイジ　おばさん！
じいじ　デーテ。誰がお前を……。

と、そこに現れるヤギ（演者：北見）。映像と同様、着ぐるみで二本足で立ち、首の所に丸く演者の顔が出ている。その右の蹄が剣のように伸びている。

ヤギ　メエエエエ。
じいじ　まさか、貴様が。
ヤギ　メエエエエ。（と剣蹄を構える）
ハイジ　気をつけて、じいじ。あのヤギ、蹄を剣のように伸ばしている。
じいじ　ヤギだろうが襲ってくる奴は倒す。

と、銃を撃つ。ヤギ、その角で弾を弾《はじ》く。

ヤギ　メエ、メエエ。（と、嘲笑うように鳴く）

じいじ　なに。
ハイジ　自分に弾丸は効かないって。
じいじ　わかるのか、奴が言ってることが。
ハイジ　うん。わかる。（ヤギにゆっくり語りかける）……どうしたの、ヤギさん。怒ってるの？
ヤギ　当たり前じゃ、こらあ。いてこますぞ、こらあ。
ハイジ　聞こえた。
ヤギ　よくも舎弟のペーター撃ち殺してくれたな。仇はわしがとっちゃるけん覚悟しいや、こん腐れ外道が！
ハイジ　わかる。あなたの言葉、わかるよ。
ヤギ　え。
ハイジ　そっか。ペーターが死んで悲しいのか。お友達だったのね。
ヤギ　……わかる言うんか、わしの言うちょることが。
ハイジ　よおくわかる。寂しかったんだ。悔しかったんだ。ごめんね。
ヤギ　……わかってくれるんか、わしの気持ちが。
ハイジ　うん。あたし達は通じ合える。ヤギと人間の垣根を越えて。ヤギさん、あたし、あなたのミルクだーいすき。そのミルクで作ったチーズもだーいすき。

ヤギ　そ、そうか。
ハイジ　お願いヤギさん、あなたのミルク絞らせて。

と、ニコニコと近づくハイジ。

ヤギ　お、おう。

と、心を開いた瞬間、ハイジが殴りかかる。そしてヤギの蹄剣をへし折り自分の武器にする。

ヤギ　ハイジ、何を。
ハイジ　言葉が通じてわかり合えるんなら、世界から戦争はとっくになくなっとるんじゃゃ、こんボケカス！
ヤギ　だ、だましたな。
ハイジ　しょせん偶蹄目《ぐうていもく》、考えが浅いんじゃゃい！
ヤギ　ひどい。
ハイジ　ド畜生が！　地獄で、山羊の頭のスープになりな！

へし折った蹄剣で斬られるヤギ。

ヤギ　アンジー、アアンジー‼

悲鳴をあげて倒れながら消えるヤギ。

じいじ　……よく成長したな、ハイジ。

ハイジ　うん。

じいじ　……だが、このままじゃキリがない。ハイジ、敵の本拠を狙うぞ。

ハイジ　本拠？

じいじ　ああ、そうだ。ゼーゼマン・シンジケートの中核、フランクフルトのゼーゼマン家にお前を送り込む。あそこの娘の学友としてな。そこで隙を見て、ゼーゼマンの首を取れ。生き残るにはそれしかない。

ハイジ　わかった。やるよ、じいじ。目指すはフランクフルトだ。

フランクフルトに場面は変わる。

ゼーゼーマン家。すでに数ヶ月が経っている。
車椅子に乗ったクララ（演者：星美）を押してくるハイジ。二人は楽しく話している。

ハイジ　そう。しぼりたてのヤギのミルクほど美味しいものはないわ。
クララ　ほんとに？
ハイジ　お屋敷はご馳走が出るけど、あれにはかなわない。
クララ　飲んでみたい。
ハイジ　うん。クララもアルムに来るといいわ。あそこならきっとクララも元気になる。歩けるようになる。
クララ　そうね。絶対行く。
ハイジ　約束よ。

そこにゼーゼーマン氏（演者：大河内）が戻ってくる。背広にコート、帽子を被り、大きなトランクを持っている。

ゼーゼマン　ただいま。

クララ　お帰りなさい、お父様。
ハイジ　お父様？　じゃ、この方がゼーゼマンさん？
クララ　そう。（ゼーゼマン氏に）今回も長旅でしたわね。
ゼーゼマン　ああ、いろいろと忙しくてな。クララには寂しい思いをさせたね。その子は？
クララ　ハイジって言うの。新しいお友達よ。
ゼーゼマン　ああ。お前が淋しいだろうから、執事に手配を頼んでおいた件か。クララを宜しく頼むよ、ハイジ。
ハイジ　はい、おじさま。クララ、あっちで日光浴しよう。

と、クララの車椅子を押すハイジと、トランクを持ち自分の部屋へ向かうゼーゼマンがすれ違う。次の瞬間、ハイジ、手に鋭い針を持ち、素早くゼーゼマンの盆の窪にその針を打ち込む。
急所の一撃で絶命するゼーゼマン。クララからは後方は見えないのでハイジの動きには気づかない。素早く元の位置に戻り車椅子を押し始めるハイジ。ゼーゼマン氏倒れる。

クララ　（その物音に）お父様⁉

暗転になる。暗闇の中、クララの声だけが響く。

クララ　お父様？　お父様!?

×　×　×　×

稽古場裏。

山本山と北見が出てくる。山本山はヨーロッパの良家の教育係の姿。北見はヤギのまま。

山本山　どうしたんです。私、このあと出番なんですけど。

北見　宝田からメールが届いていた。

山本山　ちょっと待って下さい。そちらの用件なら、今は時間外です。

北見　追加料金払うから。

山本山　了解です。

北見　依頼人のマリー・アルデリッチがパリから消えたらしい。それだけじゃない。彼女の動機がわかった。

山本山　月影花之丞の暗殺依頼のですか。

北見　ああ。とんでもない話だ。にわかには信じられないが……。これが本当だとしたら、大変なことになる。

険しい表情になる北見。

×　×　×　×

『アルプスの傭兵ジイジ』の稽古は続く。

車椅子のクララが喪服姿でいる。後ろには彼女の教育係であるロッテン（演者：山本山）とマイヤー（演者：保湿田）とサン（演者：崖谷）がいる。ゼーゼマン氏の葬式である。

クララ　さよなら、お父様。永遠にお眠り下さい。最後に私が好きな歌を送ります。

と、クララと三人の教育係、死者の魂を送る歌を歌う。四人、いったん消える。

入れ替わりにハイジが現れる。脱出のため特殊部隊が着るようなジャケットにズボンの戦闘服に身を包んでいる。

その前に立ちはだかるロッテン、マイヤー、サンの三人。

三人　ちょっと待ちなさい。
ハイジ　誰？
ロッテン　地獄のロッテン！
マイヤー　悪魔のマイヤー！
サン　冥界のサン！
三人　暗黒教育係三人衆、ロッテンマイヤーサン！
ロッテン　ゼーゼマン氏はあなたが殺したのね、ハイジ。あたし達の目をごまかせると思った？
マイヤー　ゼーゼマン・シンジケートの名に賭けて、逃がしはしない。
サン　あなたはここで死ぬ。この暗黒教育係三人衆。
ロッテン　ロッテン！
マイヤー　マイヤー！
サン　サン！　の手によってね。
三人　はーっはっはっは。

と、笑う三人。ハイジ、無表情で拳銃を撃つ。

三人　あ。

と、倒れる三人。

ハイジ　殺すのなら、能書きなんか言わずにさっさとやりなさい。

と、立ち去ろうとするが、突然前方から銃撃。
ハイジ、左胸を撃たれて後方に吹っ飛ぶ。
車椅子のクララが出てくる。その手に拳銃。

クララ　そうね。まず撃ち殺す。それから言いたいことを言う。それが殺し屋の鉄則よね。

倒れているハイジに近寄るクララ。

クララ　ハイジ、本当に素敵な子。殺しの腕も見事だわ。あの瞬間、お父様を殺すなんてさすがに思わなかった。でも、一つ勘違いしたわね。ゼーゼマン・シンジケートのボスは私なの。

と、ハイジ、跳ね起きてクララの拳銃を奪い、車椅子の車輪を撃って動けなくする。

クララ　ハイジ、なぜ?

ハイジ、胸からチーズの塊を出す。

ハイジ　じいじ特製防弾チーズ。その程度の弾丸なら弾き返す。(とチーズをかじり) しかも美味しい。
クララ　さすがね。
ハイジ　無駄な抵抗はやめて。車椅子の車輪は潰した。もうあなたは動けない。
クララ　ねえハイジ、あたしと組まない?
ハイジ　え。
クララ　ゼーゼマン・シンジケートは国際犯罪組織。その組織を私とあなたで動かすの。十二歳と八歳の女の子が世界を闇から操る。楽しいと思わない?
ハイジ　動けないからって、今度は口車作戦? その手にはのらないから。

クララ　本気で言ってるの。あなたを騙す必要はない。だって、私。

と、立ち上がるクララ。車椅子に隠していた拳銃を取り出して構える。

ハイジ　……クララが立った。
クララ　そう。私は立てるの。
ハイジ　たまんないわ、クララ。何もかも嘘だらけ。
クララ　でも、私を立たせたのはあなたが初めてよ。それは本当。

と、クララが撃つ。ハイジが避ける。

ハイジ　容赦ないね。
クララ　だって楽しいもの。
ハイジ　そう。じゃあ、思いっきりやり合いましょう、二人っきりで！

と、ハイジが言葉をクララにぶつける。その時銃声。倒れるクララ。

ハイジ　クララ！

　と、駆け寄るハイジ。がクララ役の星美は本当に気絶している。我に返る影郎。

影郎　星美さん！　星美さん！　彼女、本当に気絶してます！　しっかりして、星美さん！

　花之丞が現れる。

影郎　先生。
花之丞　気持ちを彼女にぶつけましたね、私ではなく。
影郎　つい。

　心配してじいじ姿の塾頭や他の劇団員達も顔を出す。星美の脈を取る花之丞。北見はいない。

花之丞　大丈夫。死んではいない。はっ！

活を入れる花之丞。星美、気がつく。

星美　……先生。

と、そこに響く杖の音。杖を突いてマリー・アルデリッチが現れる。

マリー　もうおやめなさい、月影花之丞。
影郎　（驚く）母さん。
塾頭　母さん？
花之丞　いきなり何の用かしら。東万里《ひがしまり》。
マリー　マリー・ヒガシ・アルデリッチ。今はその名前の方がずうっと世間では通ってるの。
花之丞　ああ、女優をやめてフランスの財閥に嫁いで実権を乗っ取ったとか。さすが東万里、やることが力業ね。
マリー　私は亡き主人に代わって仕事をしてるだけ。乗っ取りなんて下品な連中の下品な悪口に過ぎない。それを真に受けるあなたもお里が知れたものね、花之丞。
花之丞　私の里は舞台だけ。最初から知れているわ。

マリー　だったら一人でその里に骨を埋めなさい。息子を巻き込むことは許さない。さあ、影郎、帰るわよ。

影郎に近づくマリー。その途中、塾頭がさりげなく近づく。周りには聞こえないように囁く。

塾頭　（小声で）なぜ、ここに。

マリー　（小声で）時間切れよ。もう待てない。（影郎に）行きますよ、影郎。

倒れていた星美、保湿田や崖谷に介抱されてだいぶ復調して、話を聞いている。

影郎　……僕は、行きません。

マリー　影郎。

影郎　やっと、やっと面白くなったんです。今まで、自分の人生で何一つピンと来るものがなくて、なんとなく学校を卒業して、なんとなく会社に入って、実績上げなきゃクビになるから、なんとか契約が取りたくてこの劇団に食い込んで、最初はそんな動機でした。でも、面白くなったんです。芝居が。僕は続けます、芝居を。

マリー　影郎。それは許されない。
影郎　なんで。なんで。今更母親面ですか。日本の親戚に預けてずっと知らん顔で。いや、恨んじゃいませんよ。ただ、急に現れて僕の人生を指図しようなんて、そりゃ聞く耳持ちませんよ。僕もいい大人ですから。
マリー　だったら仕方ない。（塾頭に）彼を連れ出して。
塾頭　俺が？
マリー　そう。契約変更。
塾頭　すまないな。それは聞けない。
マリー　え。
塾頭　今回ばかりは、あんたの言うことは鵜呑みにできない。なんで影郎があんたの息子だって事を黙ってた。これ以上の秘密はごめんだ。あんたが影郎に芝居をやらせたくない理由、それがわからなきゃ俺も動けない。
マリー　雇い主を裏切るつもり。
影郎　雇い主？

と、北見が現れる。捜査官の服に着替えている。
態度も今までの後輩キャラではなくなっている。

北見　その男は殺し屋だ。依頼主はそこのマリー・アルデリッチ。狙っていたのは月影先生だ。
大河内　おいおい。余計な口挟むんじゃないよ。
仁木村　お前に何がわかる。
北見　私はインターポールだ。

一同、一瞬沈黙。が、驚かない。

大河内　知ってた。
仁木村　何を今更。
北見　あだ名の話じゃない。私は本当にインターポールの捜査官、モスコウィッツ北見だ。
保湿田　あー、はいはい。
崖谷　部外者は下がってようね。
山本山　待って。その人は本当にインターポールの捜査官。それは私が保証する。

劇団員一同、驚く。

保湿田　そうなの？
崖谷　リーダーが言うんなら信じるわ。

周りもうなずく。

北見　この扱いの違いはなんだ……。
山本山　ほら、めげずに頑張る。
影郎　じゃ、本当に母さんが先生を？　なぜ？
北見　あなたに気づかれずに、あなたが芝居をするのをやめさせるため。そうですね、マリーさん。
マリー　黙らせて、その男を！
花之丞　真実に目を向けなさい、万里！　逃げる限り悲劇は追ってくる。
マリー　……あなた、知ってたわね。知っていながら、なんで影郎を芝居の道に引きずり込んだ。この悪魔！
北見　影郎さん、あなたは芝居をしちゃいけない人だったんだ。あなたが本気で演技をすると、一緒に芝居をしている他の役者達に大きなダメージを与える。へたをすると殺しかねない。
影郎　……え。
北見　第二次世界大戦時、戦局が不利になったドイツは考えられない兵器の開発に手を伸ばした。その一つが俳優兵器計画。ヒトラーの演説を聴いて興奮のあまり脳卒中を起こした人間がいた。それをヒントに計画された人間兵器プロジェクトだ。
影郎　……俳優兵器？
北見　異常に能力の高い俳優があまりにも素晴らしい演技を行なった結果、観た人間は極端に興奮して脳内物質が異常活性化し、心臓から血液を猛烈な勢いで送り出す。その勢いに堪えきれず脳の血管が爆発する。脳卒中でボンだ。そういう特殊能力のある俳優を作り出し慰問団として敵の拠点に送り込み要人を暗殺する。それが俳優兵器計画。
影郎　……そんな無茶苦茶な。
北見　もちろん実現はしなかった。敗戦によりプロジェクトは中止。被験者だった俳優達は戦後のどさくさに紛れて行方不明になった。その中の一人が影郎さん、あなたのおじいさんだ。
影郎　本当なのか、母さん。
マリー　……そう。あなたのおじいさん、カネガル・アルデリッチはその人体実験の情報を

影郎　連合軍と取引し、資金とコネクションを得て、アルデリッチ財閥の基礎を作った。でも、結局あなたのおじいさんには、そしてお父さんにも殺人的な演技能力はなかった。なのになぜあなたに。……思い出した。子どもの時劇団の公演で、そう、周りのみんなが倒れていって。じゃあ、あの時から僕は。（ハッとする）そうだ。あの時、芝居を止めに入った母さんも倒れて。その足は、そうだ。その足も僕が！

周りのみんなも驚く。

大河内　そういえば、『闇按摩対素浪人』の稽古中も俺達、気分が悪くなって。
仁木村　みんな倒れたな……。
保湿田　今だって、星美ちゃんが。
星美　……これも影郎さんの力で……？　そんな……。
影郎　じゃあ、みんな僕が⁉　僕の芝居が⁉
大河内　おいおい。だったら俺達も死ぬとこだったのか⁉
マリー　（花之丞に）催眠術で記憶を消して、アルデリッチ家と離れてこの日本で芝居とは無関係の人生を送らせようとしたのに、なぜ、影郎を地獄に呼び戻した。

花之丞　影郎さんは素晴らしい俳優です。彼に芝居をさせないことこそが罪です。

マリー　あんたはいつもそう。芝居芝居芝居芝居、あんたのその言葉でどれだけの人間が地獄に落ちた！

花之丞　地獄？

マリー　あたしの前にはいつもあんたがいた。演じても演じてもいつもあんたが立ちはだかって笑っていた。アルデリッチ家に嫁いで実業界で成功して、やっとあの地獄から抜け出たと思ったのに、今度は影郎を、影郎を地獄に。

花之丞　役者に地獄はない。あるのはただ自分！　それを地獄と呼ぶならば、この世は人の数だけ地獄がある。だけど、人の数だけ天国もあるのです！

マリー　じゃかあしわ！

と、隠し持っていた拳銃を抜く。

マリー　ぐちゃぐちゃぐちゃぐちゃぐちゃうるさいんじゃい！　今ほんまもんの地獄に送ったるわ、こんどぐされが！

と、花之丞を撃つ。左胸に当たる。

花之丞　う！（と、倒れる）
劇団員　先生‼
塾頭　馬鹿、あんたが殺してどうする。
マリー　動くな。動いたら撃つで！
　マリー、銃を構えると周りを威嚇。一同様子を見る隙に逃げ出す。
影郎　待って、母さん！
　と、あとを追う影郎。少し遅れて塾頭も続く。
北見　待て！
　と、あとを追おうとする。が、倒れていた花之丞に足を摑まれ転びかける。
北見　え？

振り向く北見。

――暗　転――

【第六景】

稽古場近くの広場。
逃げてくるマリーとハイジの衣裳のままの影郎。

影郎　……母さん、なんてことを。
マリー　やってもうた。ごめんなあ。なんかカーッとなってしもて、指が勝手にキュッと。
影郎　キュッとじゃないよ。どうすんだよ。
マリー　もみ消す。金ならある。金の力でもみ消したる。せやさかい、あんたはなんも心配いらへん。
影郎　なんで関西弁。
マリー　興奮したらつい地元の言葉が。地元愛？
影郎　どうでもいいよ、そんなことは！
マリー　あんたが聞いたのに。
影郎　……母さん。僕はもう二度と舞台には立たない。芝居はしない。だから自首しよう。

マリー　もみ消せるのに？
影郎　駄目、自首するの。

と、拳銃をよこせと手を出す。しぶしぶ影郎に拳銃を渡すマリー。
と、そこに塾頭が現れる。こちらもじいじの扮装のままだ。

塾頭　自首だと。そいつはちっと虫がよすぎるんじゃないか。
マリー　イレイザー……。
塾頭　依頼人にこれだけ好き勝手やられた上にターゲットまで殺されたとあっちゃあ、見過ごすわけにはいかない。
マリー　あたしを殺《や》るってのかい。
影郎　待て。母さんに手出しはさせない。
塾頭　そう言うだろうと思ったよ。俺もそれが望みだ。面白いことを教えてやろう。俺もお前と同じ力があるんだよ、影郎。
影郎　え。
塾頭　俺のじいさんも俳優兵器の被験者だった。ドイツでの研究時には同盟国の日本も参加してたってことだよ。俺も子どもの頃、学芸会で周りの同級生を殺しかけた。その時にじいさんから自分の能力を聞かされたのさ。

マリー　そうか、あんたの殺しの技は俳優兵器の……。

塾頭　ああ。すさんだ俺は、その能力を金儲けに利用することにした。そしていつの間にか、絶対証拠が出ない殺し屋イレイザーとして、闇の世界で名を上げた。この世のためにはならないワルしかやらないなんて言ってるが、殺し屋は殺し屋だ。

影郎　でも、稽古の時には全然そんな力は感じなかった。

塾頭　押さえてたんだよ。お前よりは力を制御できるってことだ。でももう遠慮しねえ。さあ、俳優兵器同士、思いっきりやり合おうぜ、芝居を。それで死んでも恨みっこなしだ。

マリー　影郎。

影郎　下がってて。（塾頭に）やりましょう。

塾頭　『アルプスの傭兵ジイジ』、そのクライマックス、じいじとハイジの対決の場でいいか。

影郎　はい。

と、いきなり塾頭、拳銃を撃つ。かわす影郎。

いや、じいじとハイジだ。二人、すでに芝居に入っている。物陰に隠れるハイジ。

ハイジ　何するの、じいじ⁉
じいじ　殺し屋ってのは悲しいもんだ。自分より強い奴がいると途端に不安になる。それが孫でもな。
ハイジ　そんな。

近寄ってくるじいじ。物陰から飛び出し銃を撃つハイジ。牽制のため当たらない。

立ち止まるじいじ。銃を構えるハイジ。

じいじ　……銃を持っていたか。
ハイジ　丸腰だと思ってた？　だったら甘いわ。じいじらしくない。
じいじ　確かにな。油断したよ。だがどうする。この距離で撃ち合えば、二人とも死ぬ。
ハイジ　それはどうかしら。

二人撃つ。同時に両方の銃が手から飛ぶ。二人とも相手の拳銃を狙ったのだ。ハイジ、両方のブーツに差していた短刀を二本抜くとじいじに襲いかかる。じいじも背に結わえていた長刀を抜く。逆手二刀流のハイジと長剣のじいじの刃がぶつかり、剣を交える。

じいじ　お互いに接近戦が有利と思ったたってことか。
ハイジ　年寄りにスタミナはない。
じいじ　ガキに経験はない。
二人　銃よりは剣。

いったん離れる二人。

じいじ　悲しいくらいに同じ考えだな。
ハイジ　じいじに育てられたから。
じいじ　だからお前は死なきゃならん。ゼゼーマンの娘のようにな。
ハイジ　(ハッとして) クララを撃ったのはじいじ⁉
じいじ　ああ、そうだよ！

と、二人の感情がぶつかり合う。鍔迫り合いの二人、弾かれるようにフラフラと離れる。お互い、膝をつく。それは芝居ではない。俳優兵器の力が二人にダメージを与えたのだ。

マリー　影郎、大丈夫。
影郎　母さんは下がってて。
塾頭　さすがに効くな、お前の芝居は。
影郎　塾頭さんこそ。さすがですよ。
塾頭　だが、まだやれるだろう。
影郎　もちろん。

と、二人立ち上がる。
と、そこに花之丞が現れる。

花之丞　お待ちなさい。
マリー　は、花之丞！
影郎　生きてたんですか。
花之丞　じいじ特製防弾チーズ。（と、塾頭達も使った小道具を見せる。かじって）しかもうまい。

塾頭　それは、芝居の小道具だ。本物の銃弾が跳ね返せるわけがない。

花之丞　芝居の小道具をなめるな！　魂を込めて作られた小道具は本物に勝る。勢いでキュッと引き金引いたようななまくら弾丸など恐るるに足らず！

影郎　ほんとですか。

花之丞　ちょっと痛かっただけです。

塾頭　さすがしぶといね。だが、死にたくなければ下がってな。俺達二人が本気でぶつかり合ったら共演者ばかりじゃない。周りにいる連中もただじゃすまない。

花之丞　冗談じゃない。役者が稽古をしようとしてるのに逃げる演出家がどこにいますか。稽古だと。共演者もいなけりゃ本番もできないのにか。

塾頭　なぜそう決めつける。

花之丞　当然だ。俺達と一緒に芝居をすれば死ぬ。それがわかってて一緒にやる奴がどこにいる。笑わせるな。

塾頭　ならば大いに笑いなさい、おのれの浅はかさを。劇団を甘く見るんじゃない。

花之丞　なんだと。

塾頭　そこに駆けつける星美、北見他劇団員一同。北見は捜査官姿だが他はみな衣裳姿。大河内と仁木村は黒スーツの殺し屋の扮装。

影郎　あんた達……。
北見　マリー・アルデリッチ。殺人未遂の現行犯で逮捕したいところだが、今は見逃す。
先生があれもお芝居だと言い張っているからな。
マリー　え。
花之丞　さ、みんな。稽古を続けるわよ。
影郎　あんた達、僕が怖くないのか。
仁木村　もちろん怖い。でも先生が身体を張って守ってくれていた。
保湿田　あなたの意識を全部自分に向けることで盾になってくれていたの。
崖谷　しかも、三億円の保険金の受取人は私達劇団員。
影郎　どうしてそれを。
崖谷　リーダーが教えてくれた。
山本山　あなたの保険会社の事務処理もやってたから。パートで。
大河内　今劇団をやめたら保険金は受け取れない。だから。
劇団員一同　私達は逃げない！
塾頭　それは金に目が眩んでいるだけだろう。
花之丞　その通り！　劇団員と書いて貧乏と読む。金に目が眩んでこその劇団員！

影郎　（客席に）個人の感想ですから。
花之丞　だがそれでいい。怖いという感情も金が欲しいという欲も全部ひっくるめて、素直に認め向き合う。それでこそ豊かな芝居になる。星美さん、行けるわね。
星美　……あの二人の本気と一緒に演じてみたい。でも……。
花之丞　さっき倒れたのは、あなたがあなたの暗黒を解放していないから。あなたは真っ黒です。でもあなたはピカピカです。二つともあなた。そのあなたを信じなさい。
星美　はい！
塾頭　知らないぞ、どうなっても。
星美　どうなるかわからないから生の舞台は面白い。そうですね、先生。
花之丞　まさに。さあ、『アルプスの傭兵ジイジ』、クララの復活から。クライマックスよ。用意、はい！

手を叩く花之丞。再び、稽古が始まる。なぜか効果音や音楽、照明も入ってくる。
突然雷鳴が轟く。稲光の中に現れるクララ。

ハイジ　まさか……。クララ、生きてたの⁉
じいじ　しかしわしの弾丸は確かにお前を撃ち抜いた。

クララ　あれは影武者。ゼーゼマン・シンジケートのボスですもの、そのくらいは用意してる。屋敷の地下には、私によく似た若い娘を何人も飼ってるの。

ハイジ　……ひどい。

クララ　私が死んだらどうなるか様子を見てたけど、互いにつぶし合ってくれるとはね。殺し屋なんてほんとバカ。だったら一気に潰してあげる。

指を鳴らすクララ。仮面をつけた殺し屋教育係三名（演者：保湿田、崖谷、山本山）と黒スーツの殺し屋二名（演者：大河内、仁木村）が現れる。それぞれ手に機関銃を持つ。

クララ　いくら凄腕でも、これだけのマシンガンがかわせるかしら。

ハイジ　……数で勝負ってわけ。（じいじに）ここは身内同士が争ってる時じゃない。手を組むか。

じいじ　さっきのことは水に流すから。

ハイジ　なるほど。極東の島国にこんな言葉がある。「浮世の義理も昔の縁も三途の川に捨之介」。

じいじ　「泥をすすってあがいた俺の、ここが命の捨て所」って？　冗談じゃない。

クララ　撃て。

殺し屋達、機関銃を一斉射撃。と、その寸前、北見が捜査官の服を引き抜く。下にはヤギの衣裳。彼もヤギとして稽古に加わる。じいじ、ハイジとクララ達の間に飛び込むヤギ。二人をかばって弾丸を受けるヤギ。倒れる。

ハイジ　ヤギ！　生きてたの⁉
ヤギ　生きてた。でも、死ぬ。（と半死半生）
ハイジ　なぜ、なぜあたし達を助けた？

と、ヤギを抱き上げるハイジ。

ヤギ　おんしゃあ……初めて言葉が通じた……人間じゃったけんのう……。（と、息絶える）
ハイジ　ヤギーッ‼（クララを見据える）クララァッ、よくも、よくも、あたしの親友のヤギを‼
じいじ　そうなの？

ハイジ　許さない、許さないよ、クララ‼

それを見ているマリーが驚いている。

マリー　……なんでや。なんで芝居が続いとるんや？　影郎達、目一杯芝居しとるのに、なんでや。

花之丞　これでいい。（と、うなずく）

再び機関銃を撃とうとする殺し屋達。が、ハイジ、殺し屋達に駆け寄ると銃撃より早く全員斬っていく。

クララ　く！

と、クララも機関銃を構えて撃つ。が、じいじがその前に立ち、剣ですべての銃弾を弾く。ハイジが近づきクララの銃を剣で弾いて飛ばす。

クララ　（呆然とする）……そんな。あんた達、なんなの。

と、いきなり見得を切るハイジとじいじ。

ハイジ　知らざあ言って聞かせやしょう。天にそびえるアルプスで、天衣無縫に育てられ、天に唾する悪党どもに、鉄槌下す八歳児。その名もハイジ、アーデルハイド！

じいじ　西の果てならヨーロッパ、東の果てはニッポンと、世界の闇を股にかけ、ワルの上いく大悪党、天下の傭兵、アルムのじいじ！

二人　よおく覚えておきやがれ！

と、ポーズを決める。呆然としているクララに語りかけるハイジ。

ハイジ　クララ、私達はアルプスに帰る。でも、今度私達に手を出したら今度こそ容赦しない。じいじもね！

じいじ　わかったわかった。お前はわしのかわいい孫だ、これまでもこれからもな。

クララ　待って、ハイジ。私が悪かった。犯罪組織ゼーゼマン・シンジケートは解体する。犯罪撲滅慈善団体として生まれ変わる。ハイジとおじいさんは、その団体を率いて正義のために戦って。

ハイジ　正義の……?

ハイジとじいじ、顔を見合わす。

二人　よせよせ、柄じゃねえよ!

と、二人駆け去る。

クララ　待って。もう決めたんだ!

あとを追うクララ。

と、音楽、盛り上がる。

花之丞　はい!(手を叩く)みなさん、お疲れさま。いい芝居でした。

影郎と塾頭、驚いている。

影郎　なぜみんな大丈夫なんですか。あれだけ本気で芝居をしたのに。
花之丞　それが劇団の力です。たとえば星美さんが共演者をすぐに虜《とりこ》にしてしまう力。それは彼女の中心に暗黒があるからです。でもその表面はピカピカのツルツル。表面がなめらかで真っ黒な物はすべての光を跳ね返す。鏡のような物です。そう、星美さんは他人の思いを無自覚にそのままその人に投げ返す。自分の想いと同じ物が帰ってきたと思う。それを人は愛情と勘違いする。
影郎　……えっと。（よく理解できない）
花之丞　影郎さんや剛太郎さんの演技は人の心を動かしすぎる。刺激が強すぎて脳内麻薬が異常活性化し、人を死に至らしめる。その演技のテンションを星美さんにぶつけた時、それはそのまま自分に返ってくる。自分が死んではたまらないので、自己防衛本能により自ずとテンションを調整するのです。影郎さん達は自分の意識では最高のテンションで演技をしているつもりなのでその質は落ちない。ただ、他人に有害な波動だけが抑えられるのです。
星美　私にそんな力が……。
花之丞　あとはインターポールの鬱陶しいくらいの自意識とか、金に目が眩んだ劇団員の煩悩とか、そういうものが相まって俳優兵器の力を相殺したのです。
影郎　いや、それ、ほとんど星美さんの力ですよね。劇団というより。

花之丞　黙らっしゃい！　自然界の四つの力を知っていますか。重力、電磁力、強い力、弱い力。弱い力だってなければ、この世界は成り立たないでしょうも！

影郎　それ意味違うし。

花之丞　とにかく、あなた達はもう大丈夫です。俳優兵器の力のコントロールを身体が覚えました。もう、あなた達の演技が人に仇なすことはありません。好きなだけ思いっ切り芝居ができます。

影郎　……ありがとうございます、先生。でもなぜそこまで。

花之丞　芝居のうまい人間が思うように芝居ができない。そんな状態は我慢がならない、それだけですよ。

マリー　影郎。足が、足が治ってる。歩けるよ、影郎。

と、小躍りするマリー。

影郎　母さんが、母さんが立った！

花之丞　よい芝居を見て血行がよくなったのです。あなたの心の凝りもほぐしてくれた。

マリー　花之丞……。

塾頭　俺も舞台に立てるのか……。

花之丞　あなたの過去は過去。罪を償えと演劇の神が思うなら、必ずその日は来るはずです。ただ、それまでは舞台の上で贖罪をしたらどうですか。舞台の上に過去はない。あるのは次のセリフだけ。

塾頭　……そうだな。それもあるか。

星美　これでこのメンバーで思う存分芝居が作れるんですね。

北見　あ、すみません。私はインターポールなんで戻らないと。無事に先生の暗殺も阻止できましたし。塾頭を逮捕できないのは無念ですが、次は必ず証拠を掴んで見せます。

花之丞　その心配は無用です。さきほどインターポール極東支部を買い取りました。マリーのお金で。

北見・マリー　えー！

花之丞　これからは株式会社インターポール&マリーとなります。社員のあなたの動きは社長のマリー次第。

マリー　おんどれ、なに勝手な真似さらしとんじゃい。どうやった！

花之丞　知人に腕のいいハッカーがいたので。パートの。

山本山　どうも。（と、会釈する）

マリー　まあええわ。今回は貸し一つや。その男、出向させたるわ。

北見　ええー。
星美　一緒にやりましょう、インターポールさん。
北見　はい。頑張ります。
影郎　先生。あなた、いったい何者です。
花之丞　私は月影花之丞。芝居のためなら、悪魔に神をも売る女。行きましょう、すべての道は舞台に通ず。進めばそこに劇場が待っている。なければそこに作ればいい！

前を見る花之丞。影郎達劇団員も彼女が指し示す方向を見る。
かくしてまた夢に取り憑かれた人々は、闇雲に舞台の上を駆け抜ける。
夢を追う。人の言葉に耳は貸さない。
信じた道を行く。そこに道がなくとも猛烈な勢いで。

〈月影花之丞大逆転〉　―終―

あとがき

今年、二〇二〇年は大変な年だった。

まさか新型コロナウイルスにより世界的なパンデミックが起こるとは。

劇団☆新感線も、春の令和版『偽義経冥界歌』東京公演の一部と福岡公演をすべて中止にせざるを得なかった。

四月に公演するはずだった『新・陽だまりの樹』も初日前日に全公演中止が決定した。

（この二作品は、同じ論創社から戯曲集が出版されている。どういう物語か気になった方は、戯曲だけでも手にしていただけたら脚本を書いた身としてはありがたい）

このあとがきを書いているのは一二月中旬だが、第三波の流行が到来し、この先どうなるのか、まだまだ予測もつかない。

それでも、今、劇場は考えられるだけの感染対策を行いながら公演を続けている。この『月影花之丞大逆転』もそんな中で生まれた作品だ。

八月初め、突然ヴィレッヂの細川会長から電話がかかってきた。

来春の新感線公演を、予定していた規模から人数を縮小しての公演に変更したいから、知恵を貸してくれというのだ。条件は出演者一〇人前後、公演時間二時間以内。当初出演するはずだった古田新太、阿部サダヲ、木野花、浜中文一、西野七瀬のメインキャスト五人には継続して出てもらう予定だという。

新感線の公演は、通常だとスタッフ・キャスト合わせて一〇〇人近い人間が関わる。来年、二〇二一年の春公演だと稽古開始は一月スタートになる。その時期にはまだ、それだけの人数が動く公演は危険ではないかと考え、規模の縮小を考えたらしい。

ただ、その時点でもう公演まで半年強しかない。普段だと、すでに完成脚本があり、宣伝用のビジュアルや公演の美術衣裳など具体的な作業が始まる段階だ。

とにかく時間がない。早急に何をやるか決めなければならない。

打合せにいくまでに「木野さんがいるのなら『月影花之丞』がいいんじゃないか。あれだと劇中劇もあるから、雑多なアイデアもぶちこめるし」と考えた。

月影花之丞は『花の紅天狗』という過去作に出てきた、木野花さんなくしてはあり得ない強烈なキャラクターだ。それに劇団の話にしておけば本筋とは別に劇中劇が展開できる。そうすれば各役者の出番や見せ場の分量も調節しやすい。じっくりプロットを練る余裕がなくても、思いつきのアイデアを入れることも可能だ。

そして打合せ。

いのうえが開口一番「こういう状況だから楽しい芝居がやりたいんだよね、『紅天狗』みたいな」と言った。

「おお、まさにそれを考えてたんだよ」と自分。

するとすかさず細川会長が「それはかずきさんが書くということだよね」。

確かに月影花之丞なら自分が書きたい。いろいろスケジュールは詰まっているが、ここは新感線のピンチだし、やらざるを得ないなと決断。

あっという間に代替の演目は月影花之丞第二弾で行くことに決まってしまった。

そこから一ヶ月ほど打合せを重ねた。

とりあえずタイトルは『月影花之丞大逆転』と決めた。これは僕といのうえが大好きな映画『直撃地獄拳 大逆転』から引用させてもらった。だから今芝居の副題『THE ECCENTRIC ACTOR II: SHIBAI INFERNO』も、『直撃地獄拳 大逆転』の英語タイトルへのオマージュだ。

※ここからは本文の内容に触れるので、ネタバレの嫌いな方は、戯曲を先に読んでからにしてほしい。

今回は、本当に時間がないので、今まで温めていたネタで使えそうなものは、入れられるだけ入れてみることにした。

劇中劇の『アルプスの傭兵ジイジ』は、もともとアニメでやれないかと四、五年前から考えていたネタだ。

『アルプスの少女ハイジ』に出てくるおじいさんが、傭兵で若い頃人を殺したこともあるというのは原作にある設定だ。そこを膨らませて、元凄腕の傭兵だった老人の元に五歳の孫娘がやってくる。孫娘を守るため老人は再び銃を取るという、冒険小説＋名作劇場のようなイメージで考えていた。しかし、具体的にやる当てもないので、だったら今回とりあえず劇中劇でやってみよう。古田がじいじで、ハイジは阿部ちゃんだったら面白くできるんじゃないかと決断した。

俳優兵器も同様だ。

二、三年前に知り合いのジャンプの編集者と雑談している中で思いついたネタだ。何かのきっかけで、自分が芝居の話を書くとしたらどういうものかという話題から発展したんだと思う。これもアニメか漫画でやれないかと模索していたのだが、今回は劇団の話だし、とりあえず一度試してみようと入れてみた。

「内面が真っ黒でも表面がツルツルならどんな精神攻撃もはね返す」というのは、大学時代に考えていたアイデアのバリエーションだ。

「○○のためなら悪魔に神をも売る」というフレーズも、いつか使おうと思っていたものだ。これだけアイデアのごった煮でも成立すると思えたのは、ひとえに月影花之丞という力強いキャラクターのおかげだ。

芝居のためなら何でもする存在、彼女がいてくれれば多少の無理も押し通せる。まさに「芝居のためなら悪魔に神をも売る女」だ。

一八年ぶりの復活に最初はどうなるかと思ったが、書き始めると、これがまあ驚いたことに月影花之丞は僕の両手にまだ生きていた。

彼女の言動がするすると導かれるように出てくるのだ。それに引っ張られるように、次々にトンチキな人々がトンチキな言動を始める。

それを追っていくだけで、あれよあれよと〆切前に脚本ができてしまった。


この文章を書いている時点ではまだ稽古は始まっていないのだが、頭のネジがはずれた人達が闇雲に猛烈な勢いで舞台に向かって駆けていく、ハイテンションで楽しい芝居になるはずだ。

今は、順調に稽古が進み、無事に初日の幕を開け千穐楽まで完走することを祈るしかない。

二〇二〇年一二月

中島かずき

◇上演記録
2021年劇団☆新感線41周年春興行
Yellow⚡新感線『月影花之丞大逆転』

【登場人物】
塾頭剛太郎……古田新太
東　影郎……阿部サダヲ
モスコウィッツ北見……浜中文一
水林星美……西野七瀬
大河内まさる……河野まさと
マリー・アルデリッチ……村木よし子
山本山本子……山本カナコ
崖谷みみみ……中谷さとみ
保湿田ムマ……保坂エマ
仁木村ジン……村木　仁
アンドリュー宝田……賀来賢人（映像出演）
月影花之丞……木野　花

【スタッフ】

作：中島かずき
演出：いのうえひでのり

美術：池田ともゆき
照明：原田 保
衣裳：竹田団吾
音楽：岡崎 司
作詞：森 雪之丞
振付：川崎悦子
音響：井上哲司
音効：末谷あずさ　大木裕介
殺陣指導：田尻茂一　川原正嗣
アクション監督：川原正嗣
ヘア&メイク：宮内宏明
小道具：高橋岳蔵
特殊効果：南 義明
映像：上田大樹
大道具：俳優座劇場舞台美術部
歌唱指導：右近健一
演出助手：山﨑総司
舞台監督：芳谷 研　篠崎彰宏

宣伝美術：河野真一
宣伝写真：渞 忠之
宣伝衣裳：竹田団吾
宣伝ヘアメイク：宮内宏明

宣伝小道具：高橋岳蔵
宣伝・公式サイト制作運営：ディップス・プラネット
制作協力：サンライズプロモーション東京

宣伝：寺本真美　長谷川美津子　森脇 孝
制作助手：大森祐子　武冨佳菜　上村幸穂
制作：辻 未央　高田雅士
プロデューサー：柴原智子
エグゼクティブプロデューサー：細川展裕
企画製作：ヴィレッヂ 劇団☆新感線

【東京公演】　東京建物 Brillia HALL
2021年2月26日（金）～4月4日（日）
主催：ヴィレッヂ

【大阪公演】　オリックス劇場
2021年4月14日（水）～5月10日（月）
主催：サンライズプロモーション大阪

中島かずき（なかしま・かずき）
1959年、福岡県生まれ。舞台の脚本を中心に活動。85年4月『炎のハイパーステップ』より座付作家として「劇団☆新感線」に参加。以来、『髑髏城の七人』『阿修羅城の瞳』『朧の森に棲む鬼』など、“いのうえ歌舞伎”と呼ばれる物語性を重視した脚本を多く生み出す。『アテルイ』で2002年朝日舞台芸術賞・秋元松代賞と第47回岸田國士戯曲賞を受賞。

K. Nakashima Selection Vol. 34
月影花之丞大逆転

2021年2月16日　初版第1刷印刷
2021年2月26日　初版第1刷発行

著　者　中島かずき
発行者　森 下 紀 夫
発行所　論　創　社
東京都千代田区神田神保町 2-23　北井ビル
電話 03（3264）5254　振替口座 00160-1-155266
印刷・製本　中央精版印刷
ISBN978-4-8460-2025-5

K. Nakashima Selection

Vol. 1—LOST SEVEN	本体2000円
Vol. 2—阿修羅城の瞳〈2000年版〉	本体1800円
Vol. 3—古田新太之丞 東海道五十三次地獄旅 踊れ！いんど屋敷	本体1800円
Vol. 4—野獣郎見参	本体1800円
Vol. 5—大江戸ロケット	本体1800円
Vol. 6—アテルイ	本体1800円
Vol. 7—七芒星	本体1800円
Vol. 8—花の紅天狗	本体1800円
Vol. 9—阿修羅城の瞳〈2003年版〉	本体1800円
Vol. 10—髑髏城の七人 アカドクロ／アオドクロ	本体2000円
Vol. 11—SHIROH	本体1800円
Vol. 12—荒神	本体1600円
Vol. 13—朧の森に棲む鬼	本体1800円
Vol. 14—五右衛門ロック	本体1800円
Vol. 15—蛮幽鬼	本体1800円
Vol. 16—ジャンヌ・ダルク	本体1800円
Vol. 17—髑髏城の七人 ver.2011	本体1800円
Vol. 18—シレンとラギ	本体1800円
Vol. 19—ZIPANG PUNK 五右衛門ロックIII	本体1800円
Vol. 20—真田十勇士	本体1800円
Vol. 21—蒼の乱	本体1800円
Vol. 22—五右衛門vs轟天	本体1800円
Vol. 23—阿弖流為	本体1800円
Vol. 24—No.9 不滅の旋律	本体1800円
Vol. 25—髑髏城の七人　花	本体1800円
Vol. 26—髑髏城の七人　鳥	本体1800円
Vol. 27—髑髏城の七人　風	本体1800円
Vol. 28—髑髏城の七人　月	本体1800円
Vol. 29—戯伝写楽	本体1600円
Vol. 30—修羅天魔〜髑髏城の七人　極	本体1800円
Vol. 31—偽義経　冥界に歌う	本体1800円
Vol. 32—偽義経　冥界に歌う　令和編	本体1800円
Vol. 33—新 陽だまりの樹	本体1800円